徳間文庫

デイ・トリッパー

梶尾真治

徳間書店

目次

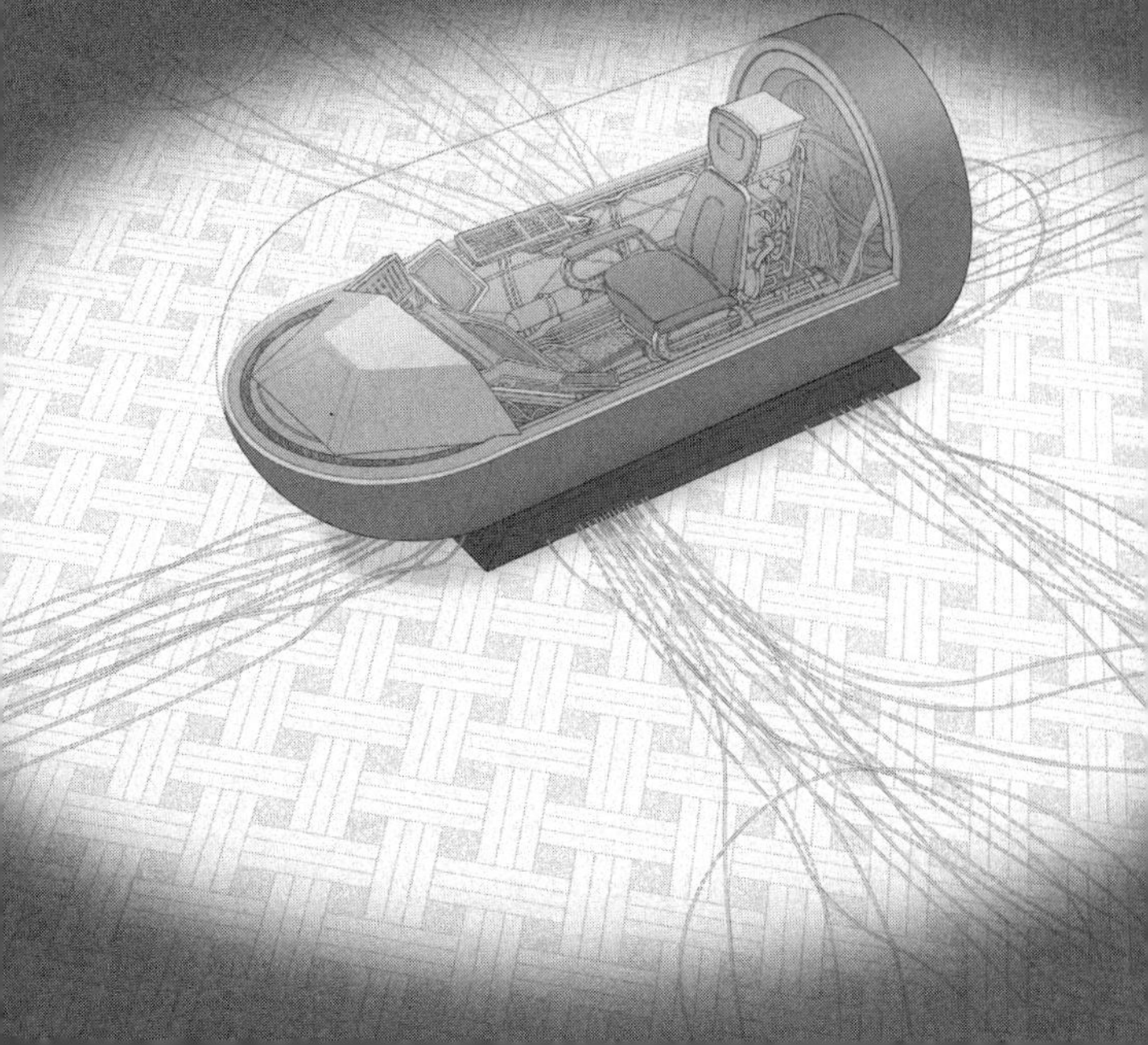

ILLUSTRATION
小林 系
design：Coil

香菜子《かなこ》が、そんな奇妙なものを見るのは、初めてのことだ。

部屋の中央に流線型の砲弾を連想させる形状の機械が横たわっていた。上半分は透明なカバーになっていて、内部に人が一人座れるのだとわかる。カバーの部分が開閉できるようだ。そして砲弾の黒い底部からは無数のコードが延びていて、壁に沿って置かれている装置群に繋《つな》がれている。

ここへ香菜子を連れてきた笠陣《りゅうじん》芙美《ふみ》が得意そうに香菜子の反応を楽しんでいるようだった。

「この機械がそうですか？」と香菜子は尋《たず》ねた。

「そう。遡時誘導機《そじゆうどうき》。伯父はデイ・トリッパーと呼んでいたわ」芙美が答えた。

「変な名前ですね」

「伯父はビートルズが好きだったから、そんな呼び方をしていたそうよ。日帰り旅行者のことをデイ・トリッパーと呼ぶそうだけれど、伯父は他の意味も込めていたみたい。デイを時間と読み替えれば、時間旅行者。伯父が、この機械につけた名前が遡時誘導機だから、ぴったりだと思ったんじゃないかしら」

本当に信頼できる機械なのだろうか？　つい先日まで面識もなかった彼女について、ここまでやってきてしまったが。

だが、芙美が香菜子を騙《だま》したところで、何の得にもならないはずだ。しかし、もし芙美の言うことが本当だったら、この機械を使ってみたい。そして、もう一度、大介《だいすけ》に会いたい。

「どう？　デイ・トリッパーに乗りますか？」

「乗ります」

香菜子はきっぱりと言いきった。

1

約束の時間十分前に、香菜子はホテルに着いた。そのまま化粧室へ向かい鏡の前に立つ。泣き腫《は》らした目になっていないかどうかを確認した。

よかった。明るくふるまえば涙目だった気配さえわからない。

香菜子は無理に口角を上げてみる。強張《こわば》ったような作り笑いができあがった。これで、何とかいけそうだ。馬鹿話をしていれば、一瞬でも大介のことを忘れることができるのではないか。

鏡の前を離れると、背筋を意識的に伸ばし大股でロビーのほうへと歩いた。これなら、少しでも元気そうに見えるのではないか。とても夫を亡くしたばかりの未亡人には見えないはずだが。

「香菜子〜」と声が届いた。見るとソファに座って二人が手をひらひらさせているのが見えた。

中川《なかがわ》香菜子の高校時代からの親友、安井沙智《やすいさち》と中原《なかはら》まいの二人だ。二人ともまだ新婚だ。三人の中では、香菜子が一番最初にゴールインした。そして二カ月前、香菜子はやはり三人のうちで最初の未亡人になった。夫の大介が亡くなってしまい、日に日に悲しみが押し寄せてくる。涙が途絶えることがなかった。

すべてが夢の中のできごとのようだった。

誰にも連絡をとらず、香菜子は一人で淋《さび》しさを背負っていた。そんな彼女を案じて、沙智とまいが香菜子を呼び出した。親友として、なんとか香菜子を励ましてやりたい。元気づけてやりたい。そんな意図が香菜子には痛いほど伝わってきた。だから、香菜子としては元気なふりをして二人を安心させたいと思っていた。それにひょっとしたら、気のおけない二人と数時間過ごすことで、潰《つぶ》れそうな気持ちを束《つか》の間でも忘れることができるかもしれないとも。

香菜子も手を振り返し二人に駆け寄った。

まいが胸を撫《な》で下《お》ろしたように言った。「なんと声をかけたらいいんだろう、って沙智と話していたの。でも、顔を見たら、安心したよ」

「でも、少し痩《や》せたんじゃない？　ちゃんと食事はとってた？　顔色はいいみたいだけれど」

香菜子は精一杯微笑《ほほえ》んだ。そのまま、三人は沙智が予約したというロビー横のレストランへ向かった。

席は、庭が見える窓際だった。三人は腰を下ろし、まず香菜子が礼を言った。

「今日は、ありがとう。誘ってくれて。とても嬉《うれ》しかった。沙智ともまいともお葬式以来ご無沙汰していたから」

「なに言ってるの。ゆっくり三人で会うの楽しみだったんだから」と沙智は笑う。

そのとき、香菜子の背後から声がした。

「安井さん。安井沙智さんですか？」

沙智が驚いたように腰を浮かしかけ、それから「あら」と声を上げた。香菜子が振り向くと後ろの席で、香菜子たちと同い歳くらいの女性が三人を見ていた。涼《すず》しげな目をした、頭のよさそうな嫌みのない感じだ。

「芙美ちゃんだよね」と沙智が答える。

芙美と呼ばれて女は嬉しそうに目を細めた。沙智と芙美は幼馴染《おさななじ》みだったということを香菜子は知った。彼女は年輩の男性と同席していて、目の前の書類に目を通していたようだ。その途中、隣の席に来た安井沙智に気がついて声をかけたらしい。

二人がおたがい元気なのを確認すると、芙美は香菜子たちの会話を邪魔したことを詫《わ》びて目の前の書類に視線を戻した。

三人は、ランチを食べながら、久しぶりの情報交換を始めた。

三人が初めて知り合ったのは、高校一年のときだ。だから共通の知り合いも多い。他の同級生や教師の消息も話題になった。アイスクリームショップのアルバイトも一緒にやったし、大学で進路が別になっても機会を作って集まった。温泉旅行や海外旅行にも一緒に行ったほどの仲だ。

三人の間で話題に事欠くことはなかった。高一のときの担任とばったり再会したら、高校の頃よりも十数キロ太っていて着ぐるみを着ているようだった、とか。おまけに頭の毛が薄くなっていて何度も瞬《まばた》きしてしまった、とか。先日、テレビを見ていたら三人で一緒に行ったローマのレストランが紹介されていて楽しかった。そのお店の近くにも、お洒落《しゃれ》で美味《おい》しそうなお店があったんだよ。また三人で行ってみようよ、とか……。

他愛《たわい》ない話が次から次へと続く。そんな会話の流れに香菜子は、少し気分が上向《うわむ》いてくるのを感じた。やはり、友人はありがたい。そんな世間話が続き、自然と会話はおたがいの近況の報告ということになる。

中原まいは、ピアノ教師をやっている。これまでは教室が遠かったが、自宅近くの教室に換えてもらい、レッスンのコマも減らしてもらったと言った。友人とリサイタルを準備しているからだという。また、ギャラのいい結婚披露宴の演奏の仕事を受けられるように、土日の昼のレッスンを外《はず》したそうだ。「仏滅とかの土曜、日曜の昼は遊べるかも」と二人を笑わせた。

沙智は外資系の商社で事務をやっていた。先月、退職したのだが、請《こ》われて同じ職場で嘱託《しょくたく》社員の立場で事務を続けているのだという。沙智の夫は、部署は異なるが同じ職場だ。

「どうして正社員やめたの？　もったいない」とまいが口を尖《とが》らすと、「……そのほうが、これからいろいろな方向が見えたときに、責任を感じなくて済むような気がしたの」と口を濁《にご》し、はっきりとした理由は告《つ》げなかった。

会話の間が空《あ》き、二人の視線が心配そうに香菜子に注《そそ》がれているのがわかった。三人が集まるといつも、まい、沙智、香菜子の順で近況を話すのがいつの頃からかの習慣だったのだ。

「無理に話す必要はないのよ」二人の目は、同時にそう言っている。

「今度は、私の番ね」と言いかけたのと同時だった。堰《せき》を切ったように、大介のイメージが、溢《あふ》れ出た。いつも大介がいた香菜子の右側に今、誰もいない。頰《ほお》が小刻みに震えているのがわかった。大丈夫。ちゃんと話せる。そう自分に言い聞かせる。

「私は……私は……」言えたのは、やっとそこまでだった。あとは言葉にならなかった。嗚咽《おえつ》になってしまい、涙が噴《ふ》きだした。バッグからハンカチを取り出すのが間に合わないほどだ。予期していたのか、沙智がハンカチを香菜子の手に握らせた。それを受け取ると顔に押しあてた。すでに肩を上下させる号泣《ごうきゅう》になっていた。

淋しい。どうして私だけ置いていってしまったの。どうしていなくなったの。声にはならなかったが、心の中で夫の大介にそう呼びかけていた。

夫の大介は二カ月前まで元気そのものだった。香菜子との結婚生活は三年半。子どもこそいなかったが、二人はずっと仲睦《なかむつ》まじかった。口げんか一つしたことがない。

香菜子の頭の中で、さまざまな表情の、いろんな場面での大介が浮かび、次々と閃光《せんこう》のように移ろっていく。

必死でハンカチを顔から外した。このままじゃいけない。沙智とまいに何か言ってあげなくてはならない。

「ありがとう。時々まだこらえきれなくなるの。でも、やっと気持ちをコントロールできるようになったわ」

そんなふうに言えれば一番いい。しかし口を開きかけ、何度も息を吸い、今の自分には無理だと悟った。下手をすると、過呼吸を起こしてしまいかねない。

代わりに香菜子の口から出た言葉は。

「もう一度、大介に会いたい……」

香菜子は、自分で、なんと馬鹿なことを口走っているのだろうと呆《あき》れていた。死者に会うなんて不可能だということは、わかりきっているのに。なのに、そんな叶《かな》うこともない、子どもが言うようなことを言ってしまう。

沙智とまいが、香菜子の歪《ゆが》んだ視界の中で香菜子を見つめているのがわかる。涙がまたしても噴き出し、ハンカチを顔に押しあてた。

まいが、香菜子の肩をやさしく叩くのがわかった。

「そうね。香菜子つらいよね。どんな慰《なぐさ》めの言葉も効果ないかもね。でもね。残酷かもしれないけれど、何とかこの悲しみを乗り越えなきゃならないの。今は、泣くだけ泣いたらいい。そして、これからは、ご主人の大介さんの代わりに私と沙智がいる。何でも、私たちに言って。これからのこと、私たちが、相談にのるから」

まいの言葉は、香菜子にしっかり伝わった。

親しくなければ、香菜子の最愛の伴侶《はんりょ》が亡くなった話題にはできるだけ触れずに済ませようとするだろう。たしかに沙智もまいも、最初は悲しいできごとを香菜子が思いださないようにと大介の話題は避けていた。しかし、今は親友の立場で、香菜子が悲しみを悲しみとして受《う》け容《い》れ、乗り越えていく手伝いをしたいと宣言しているのだった。ありがたさはわかる。

感情を抑制できない状態の香菜子が、それに応《こた》えられないだけのことだ。

しばらく三人の間の会話が途絶えた。香菜子は泣き疲れ、ようやくハンカチを手放した。三人は、止まっていた箸《はし》を持つ手を動かす。香菜子も、ランチを無理に口に入れる。すると、少しは気持ちが落ち着きを取り戻していくのがわかった。

香菜子が交際した男性は大介が初めてではない。

高校時代は、特定の異性と交際する気も起きなかった。男女共学だったが、男子生徒たちが騒いでいる様子を見ていると、皆が小学生の頃から少しも成長できていないように思えて、異性として見ることもできなかったからだ。しかし、クラスの女子生徒の何割かは特定の男子生徒と交際していた。それは、香菜子にとっては特殊な人々に思えていたのだが。

高校を出てから、香菜子は短大に入った。その頃、別の大学に入った沙智や音楽大学のまいに誘われてドライブに行った。誘われたときは三人で行くものと考えていたが、実は男性三人も一緒にドライブに出かけるトリプルデートだった。三台の自動車でそれほど遠くないデートスポットを巡った。そのとき香菜子が乗ったのが、大介の運転する自動車だった。

閉ざされた空間で男性と二人きりになるなんて初めての経験だった。大介も女性と交際した経験がないようで、行動の一つひとつがぎこちなく感じられた。それは香菜子も同じことで、どのようなタイミングで、運転中の大介の何を手伝えばいいのかわからずに緊張ばかりが続いていた。目的のデートスポットに着くと、大介から逃げるように沙智やまいにまとわりついた。だから、車中で香菜子と大介が二人きりでいるときも、会話らしい会話は成り立っていなかった。

香菜子は、大介とはなんの約束もすることなく別れた。こんな緊張は、もうこりごりだと思ったから。

その後、他の男性と交際したことが一度だけある。夏休みにアイスクリームショップでアルバイトをしたとき、一緒にアルバイトをやっていた大学生から交際を申し込まれたのだ。

交際と言えるかどうか、結果的には三回だけデートをしたくらいだった。それまで、特定の男性とつきあったことがなかった香菜子が、そんな自分は少しおかしいのではないかと思い始めていた時期でもある。だから、交際がスタートすれば人を好きになることもあるのではないか、とその学生の申し込みを受けた。

真面目《まじめ》な若者だったし、本当に香菜子のことを好きでいてくれるようだった。しかし、デートを重ねるにつれ、香菜子は「この人ではない」という結論に辿《たど》り着いた。何故《なぜ》なのか、理由はうまく言えない。相性のようなものだ。

そしてもう一つ、気がついたことがある。香菜子は無意識のうちにデートの相手と、かつて一日だけドライブで時間を共にした大介とを比較していた。そして思った。やはり、自分は大介のほうが好感が持てる。だから、香菜子は三回目のデートのときに相手に伝えた。早いほうがいい。私には、好きな人がいる、と。

交際している人がいると言ったわけではないが、それでその男性との交際にはピリオドが打たれた。もちろん、香菜子には何の後悔もなかった。むしろ、せいせいした程《ほど》だ。それから思った。自分は異性との交際には向いていないのではないか、と。この数度のデートは、それがわかっただけでも無駄ではなかった。

しかし何故か、そんなときに、ふっと大介の面影が脳裏《のうり》をよぎるのがわかった。だからといって鮮明に大介の顔を思いだしているというわけではない。ぼんやりとしたイメージの大介だ。自分に合っているのは大介だったのだ。そんなことを考えた。

香菜子は大介の行方を探そうとは思わなかった。大介を見つけだしたところで、うまく自分の気持ちを伝えられるか自信がない。大介だってすでに自分のことを忘れ去っているかもしれないし。自分は、男性との交際に不器用だし、気疲れするばかりだろうし。女友達とはしゃいでいたほうが余程《よほど》楽しいし、と。

短大を卒業して、香菜子は、ある企画会社に勤めることになった。企画会社といっても数人しか社員はいない。広告代理店のような業務から依頼に応じて調査や統計の仕事もやる。少人数ながらそれぞれのスキルは高かった。業務内容も、一つの仕事を終えたらまったく別の仕事ということがあたりまえの会社だった。

そのときの業務は、無差別に抽出された相手に新商品についてのアンケートに答えてもらうというものだった。アンケートの内容と抽出された対象者は依頼主から与えられていた。手分けして対象者と面接してアンケートに回答してもらい、それを社に持ち帰り、集計分析するという流れになっていた。

指定の人物に連絡をとり、時間を割《さ》いて質問に答えてもらう。アンケート回答者が自由に自分の言葉で語る項目が多いため、文章や電話の調査会社ではなく香菜子の会社に依頼され、面接で行うことになったのだ。

香菜子は次の回答者に会うために、ある設計事務所を訪ねた。応接室で待っていると、回答者が入ってきた。そして男は、言った。

「おひさしぶりです」

香菜子は、耳を疑い男をじっと見た。

大介だった。これまで思いだそうとしてもぼんやりとしていた大介の顔が、今ははっきりと思いだせた。そして目の前の笑顔とぴたりと一致していた。

「大介さん」と思わず香菜子は言った。何故気がつかなかったのか。中川大介という、ありふれた名前を見ても、まったく大介と結びつくことがなかったのだ。

大介は、香菜子を見た瞬間にわかったのだという。彼はこの偶然に大喜びしていた。もう一度、香菜子は大介を見た。以前よりも精悍《せいかん》な感じで、何より笑顔が素敵になっていた。もうアンケートどころではなかった。

最初に会ったときにドライブでほとんど口を利《き》けなかったのが嘘のようだった。香菜子と大介は、あれからのおたがいについての情報を交換した。どれだけ話しても話しつくせなかった。男の人と話して、これほど自分がよく笑うのだとは、香菜子自身信じられなかった。そして、大介と香菜子は食事の約束をした。こうして、二人の交際は本格的にスタートしたのだ。

香菜子は、大介と一緒にいるだけで心地《ここち》よかった。何も気にすることはなくなっていた。言葉を交《か》わしているだけで時がみるみる経過していくのだった。そして、その心地よさはおたがいの価値観が似ているということも大きかった。

大介が将来の夢を話したときに、香菜子は、この人と一生を過ごすことになるのだと意識していた。

そして、大介の口から、結婚を打診されたとき、香菜子はもう何も迷わなかった。大介のプロポーズを受《う》け容《い》れ、半年後に式を挙《あ》げた。一年前には、香菜子自身がそんな人生を歩《あゆ》むことになるとは思ってもいなかった。

夢のような結婚生活だった。子どもは数年後にもとうと申し合わせていた。大介は香菜子のことを思いやり、香菜子は大介のことを気遣《きづか》った。この幸福はいつまでも続く。香菜子は、このときは、そう信じていた。

しかし、あまりにも突然、悲劇が訪れた。

大介が身体《からだ》の不調を訴え、それから、数日後に急逝《きゅうせい》したのだ。

その数日後から今に至るまで、現実感を失った日々が続いている。大介の死を受け容れたつもりでいる。しかし、本音では、まだ受け容れることができずにいるのだ。だから、沙智やまいの前で泣きじゃくり、「大介に会いたい」とまで口走ってしまうのだ。

死者に会えるはずはない。

それは言われなくてもわかっている。

どうやって沙智やまいとの席を後にしたのか、よく覚えていない。ただ、それまで頭の中は真っ白になっていた。気がつけばホテルのロビーにいて、そのまま外へ出ようとしていた。沙智やまいには悪いことをした。気持ちが落ち着いたら電話で謝ろう。

「中川香菜子さん」フルネームで呼ばれ、香菜子は足を止めた。女性が近づいてくる。後ろの席にいた、沙智の幼馴染みの芙美といったか。

彼女は、香菜子に信じられないことを告げた。

「香菜子さん。もう一度、ご主人に会う方法があるのですが」

2

香菜子は、一瞬、芙美という女性が何を言っているのか理解できずにいた。

彼女は、香菜子たちのテーブルの後ろで男と一緒にいた。書類を見ながら話していたという記憶がある。

背後で、香菜子たちの会話を聞いていたのだろうか？　だから、香菜子の名前まで知っていたのだ。そうとしか考えられない。

しかし、かけられた言葉があまりにも唐突だ。香菜子の夫が亡くなっていることは、わかっているのだろうか？　単に失踪しただけだと聞き誤っているのではないだろうか。たしかに、香菜子は、大介にもう一度会いたいと漏《も》らした。自分でも不可能だとわかっていながら口にしてしまったことでもある。だから、どう返事をしていいものか、わからずにいる。

芙美という女性は、沙智の友人でもある。とすれば、概《がい》して変な人物ではないと思うのだが。

「私も、声をかけるのを迷ったのですが、ひょっとして、これは私に与えられた使命ではないのか、と思えたんです。私が、香菜子さんのお役に立てるのではないか、と思って。これが数日前だったら、声をかけることはなかったと思います」

さっきまで弁護士から伯父の財産を相続するにあたって説明を受けていたのだと、彼女は香菜子に言った。そして、あの場所で香菜子の話を聞いたことは運命であり、必然だと考えたのだという。

それでも香菜子は芙美に念を押さずにはいられなかった。

「私の主人は、中川大介は、もう亡くなっているんです。どうやって会うというんですか? 幽霊にでも会わせるというんですか?」

香菜子は、そう言いながら、自分の言葉に棘《とげ》があるのではないか、と思っていた。そうとられても仕方がない。

しかし、芙美は大きく首を横に振ってみせた。それから、香菜子を安心させるように、微笑んだ。

「時間をとらせてしまうけれど、あちらの席でくわしくお話しします。それからどうするかは、香菜子さんが判断されたらいい。私が、これを香菜子さんに勧《すす》めることは何の得にもならない。でも、さっきの話を耳にしたら、香菜子さんに告げないわけにはいかないと思ったんです」

「何の得にもならないことを私のために、どうしてやろうと思われたのですか?」

「香菜子さんは、困っている人を見て、その悩みを自分だけしか救ってやれないとわかったとき、ほうっておきますか?」

香菜子は口ごもった。芙美は続けた。

「香菜子さんも私と同じだと思う。黙って見過ごすわけにはいかない」

それから、芙美は香菜子に名刺を渡した。

〈デイ・トリッパー　笠陣芙美〉

それから、「あちらで話しましょうか」とロビーの隅《すみ》のソファを指差す。香菜子は、芙美の言葉に従った。嘘でも真《まこと》でも、死んだ夫に会わせてくれるという意味を知りたかった。

香菜子が腰を下ろすと、沙智とまいが話しながらホテルを出ていく姿が見えた。ロビーの隅にいる香菜子のことに気がつかない様子で。

「それは、私がやっているカフェの名刺です。小さいお店だけれど、味はいいんですよ」

と芙美は言った。二人の従業員が働いているから、自分がいなくても、店はまわっていくと言った。そんなカフェの女主人が、私にどうしてくれようというのだ？　と香菜子は思う。

「伯父の屋敷の一部をカフェにしているんです。伯父には私以外に身寄りがなかったから、伯父が亡くなって、私が伯父のすべてを相続することになりました」

この笠陣芙美という女性のこれまでの人生を聞かされることになるのだろうか、と香菜子は思った。

「伯父は、半年前に亡くなりました。そして、すべての遺産を私に残してくれました。そして、遺品をチェックしていてわかったのです。伯父は、いくつかの特許を持っていて、その特許の使用料で生活していました。伯父は機敷埜風天《きしきのふうてん》といいます。私の亡くなった母の兄にあたるんです」

香菜子は芙美の伯父という人の名は聞いたことがなかった。具体的に名前を出したから、自分が知らないだけで著名な人物なのかもしれないと思った。あるいは彼女が、その伯父のことを尊敬していたということか。香菜子は頷《うなず》き芙美の話に耳を傾けた。

「伯父は、研究者でした。どのような分野を専門にしていたのかはわかりませんが、特許使用料をふんだんに研究につぎ込み、伯父なりの研究を完成させたようです。しかし、その研究成果を世間に発表することなく、伯父は次の研究に打ち込み始めたのです」

「次の研究ですか？」

「伯父は、自分の研究結果が世間から評価を受けることなど、何の興味もなかったようなのです。そして研究で自分の納得できる成果が得られたら、次の興味の延長上にある対象に研究の的《まと》を移す。そんな人でした。最後に伯父が取り組んでいたのはフリーエネルギーの研究だと聞いています」

香菜子は耳にしたことがないものだ。

「それで、夫に会わせていただけるというのは……伯父さんの研究と関係あるのですか？」

焦《じ》れる香菜子に、芙美が頷いた。

「ごめんなさい。なかなか話が進まなくて。そのとおりです。伯父の研究の一つが、香菜子さんのお役に立てると思ったからです。伯父が完成させた研究を、そしてその装置を私が引き継いだからです。さっき言ったフリーエネルギーの前に完成させていたという研究。その装置を使えば、香菜子さんを亡くなったご主人に会わせてあげられる」

「それは死者を生き返らせる装置ということですか？」

香菜子の質問に芙美は大きく首を横に振った。

「それはできないわ。世の中には人が支配できないものが、いくつかある。死んだ人を復活させるといったこと」

香菜子は首をひねる。「では、どうやって夫に会うことができるというのですか？」

「香菜子さんが、伯父が作った機械を使って生きておられた頃のご主人に会うんです」

「はあっ？」

思わず香菜子は問い返していた。よく意味がわからなかったからだ。生きていた頃の夫と？

しかし、一つだけ思いあたる。その可能性を馬鹿馬鹿しいと思いつつも口にした。

「伯父さんが研究され、そして完成させたというのは……タイムマシンということですか？　さっき、人が支配できないものがあるとおっしゃいましたね。一つは生死を支配できないと。でも、私は思います。時間の流れも人には支配できないのではありませんか？　それとも伯父さんは、人を過去に送り込むことができたということですか？」

芙美は香菜子に頷いてみせた。

「正確には、伯父の機械がタイムマシンと呼べるかどうか疑問です。たしかに時に挑《いど》む機械ではあります。遡時誘導機と伯父は手書きの取扱説明書に記していました」

「遡時誘導機……」なんと奇妙な響きだろうと香菜子は思った。

「なぜ、タイムマシンと呼ばないのですか？　同じ働きの機械ではないのですか？」

「過去へ物体を送るのであれば、タイムマシンと呼ぶべきだと思う。でも、この装置は物体を送るんじゃないの。だから、伯父は、タイムマシン、つまり航時機《こうじき》とは呼ばなかった。それは伯父のこだわりだと思います」

香菜子は、芙美が言っていることを必死で理解しようとしていた。大介に会いに過去に行けるけれどタイムマシンではない？　香菜子は混乱した。

「伯父が、物体を過去に送る方法をとらなかったのは、『タイム・パラドックス』の発生を恐れたからだと言っていました。たとえば、香菜子さんが、ご主人のいる過去へ行ったとします。するとどんなことが起こりますか？　考えてみてください」

「過去の私、そして現在にいて過去へ行く私。私が二人になるということですね」

「そうです。現在から過去に行く香菜子さんの存在は、これまでの時の流れでは、なかったものです。二人の香菜子さんが同時存在すること自体が許されないことなのです。その矛盾を伯父の装置は解決したのです。伯父の頭脳であれば、真の意味でのタイムマシンを作ろうと考えたら、ひょっとすれば実現できたかもしれません。でも、伯父はそれをやらなかった。代わりに遡時誘導機を開発した。タイム・パラドックスの発生をできる限り防ごうとしたのです」

「いずれにしても、過去へ行くんですね。どうやって？」

「過去の香菜子さんの中に現在の香菜子さんの心を送り込むんです。それが、一番パラドックスを発生させない方法だという結論になったのです」

心を送り込む……？　いったいどうやって？

それに、芙美の言葉にはタイム・パラドックスという言葉が何度も出てくる。

「パラドックスって、それほど避けなければならないことですか？　そもそもタイム・パラドックスが起こるとどうなるのですか？」

「わかりません。歴史そのものが変わってしまうかもしれません。過去に存在しないものが存在したということで、最初は小さな変化が大きな変化になっていく。出会うはずの人と出会えなかったり、遭《あ》わなかった災害に巻き込まれる。蝶《ちょう》が羽ばたくと、変化が連鎖し合い拡大して、地球の裏側で嵐を招くことになるというバタフライ・エフェクトの考え方です。あるいは時間の流れがパラドックスを補正してしまうという考え方もあるそうですが、その真実は誰にもわかりません。伯父がタイムマシンではなく遡時誘導機にこだわったのは、それが理由だったということです。少しでもタイム・パラドックスの起こる可能性の芽を摘むための」

芙美が何故、遺品として残された機械のことについて知っているのだろうか？　生前に、芙美の伯父が詳細を伝えていたのだろうか？　香菜子にそんな疑問が湧《わ》きあがっていた。機械の操作だけでなく、伴う現象発生のリスクまで教えていたとは。

しかし、そのことはより一層、香菜子に希望を抱《いだ》かせた。リスクの話が、逆に信憑性《しんぴょうせい》を高めているように思えた。

「この機械がタイムマシンと呼べないのは、ここに制約があるからです」

「どんな制約ですか？」

「つまり、香菜子さんが生まれる前の時間には行くことができません。香菜子さんの心が飛び込める肉体が存在しないからです」

もしこの話が本当だとしたら。香菜子は思った。その制約は私には関係ないだろう。もし、過去に行くことで大介に会えるのだとしたら、自分が生まれる前の時間に行くことなぞ、興味はない。

「大丈夫です。私は夫にもう一度会いたいだけですから。夫がいる時間に行けたら、それでいいんです」

そう香菜子が答えると、芙美は安心したように頷いた。

「よかった。実は、伯父からは、この機械を使うための条件を言いつけられていました。香菜子さんのことを耳にして、香菜子さんのためならこの機械を役立てることができるのではないか、と思っていました。香菜子さんなら、この機械がぴったりだと」

「条件ですか……？」

「ええ。この遡時誘導機を使う目的です。私は、この使い方にこだわるのはどうかと思うのですが、伯父の遺志ですから従わなければならないのです」

「どんな目的ですか？」

「この遡時誘導機は、亡くなった方に会うためだけに使用が許可されます。それ以外の目的では使ってはいけない、と」

なるほど。香菜子の願いにぴったりだった。

「他の目的では使用してはいけない、と言われました」

そう芙美は言いきった。そのとき、はっきり香菜子は悟った。芙美は、この機械を使ったことがあるのだ。そして、過去世界で、この機械の利用法について伯父である機敷埜という人物から釘《くぎ》を刺されているに違いないと。

「笠陣さんも……」と香菜子は問い返す。

「私のことは、芙美と呼んでください」

「わかりました。芙美さんも、この機械を使ったことがあるのでは、ないですか?」

芙美は、その質問には答えなかった。代わりに言った。

「亡くなった人に会うためだけに使用を許可するというのは、伯父の発想です。やはり、タイム・パラドックスの発生を恐れているのだと思います。これから死にゆく人に会うためだけであれば、よりバタフライ・エフェクトは発生しにくいのではないか、と」

「でも、事故で亡くなった人には、事故に遭わないようにアドバイスできるのではありませんか?」

「それは大丈夫です。私が見極《みきわ》めます。そして私がお誘いします。もしも、そのような可能性があり歴史を変える可能性のある方には最初から声をおかけしません」

香菜子は、それを聞いて、なるほどと思った。大介の場合は急性の難病にかかってのことだった。もし、死を避ける方法があれば知りたいが、現在の医学では、決定的な治療法はないということだった。

「香菜子さんの願いは、ご主人ともう一度会いたいということですから、それを叶えることが目的ですよね。ご主人は、難しい病気だったようですね」

そのようなことも、さっき沙智やまいとの会話の中で出てきたのだろうか？　自分で気がつかなくても何気なく口にすることで状況がわかるのだろう。

「もう、気がついたときは手遅れというか、手の施《ほどこ》しようのない病気だったと聞いています」

香菜子は、医者から夫の正式な病名を聞かされた。やたら長い名前の覚えづらい病名だった。今でも、すぐには病名が出てこない。それほど珍しい病《やまい》だったし、症例も少ないので治療法の研究も進んでいないということなのだ。今でも香菜子がその病名を耳にすることは、まずない。

「そうですか。残念なことでしたね」と芙美は心から哀悼《あいとう》の意を表してから言った。「もう一つだけ、過去に故人に会いに行くにあたって、守っていただかなければならないことがあります」

「はい？」

「香菜子さんは、ご主人がいつ、どのような形で亡くなられたのか、ご存知ですね」

「はい、知っています」

「ご主人には、絶対に死期を知らせないでください。これは伯父の希望です。私も香菜子さんも、自分の死期は知らない。数十年後かもしれない。ずっと後のことだと思っているし、実は明日、突然に訪れるかもしれない。どんな方も自分の死期を知らないほうがいいというのが伯父の考え方でした」

この条件も裏にはタイム・パラドックスを発生させないための理由が潜《ひそ》んでいるような気が香菜子にはする。しかし、大介に会うことができるのであれば、そんな条件はお安い御用だ。

「約束していただけますか?」と芙美は尋ねた。

しかし、香菜子は即答できなかった。約束が守れないと思ったからではない。大介にもう一度会うことなんて本当にできるのだろうか? もし、会えたら何と言えばいいのか? 助けることはできないのだろうか? そんなさまざまなとりとめのない思考が錯綜《さくそう》してしまい、返事にならなかったからだ。

芙美が、その沈黙をどうとったのかは、わからない。ただ、自分の話があまりに性急《せいきゅう》すぎたのではないかと反省したようだ。

「びっくりされたでしょう。私の話は」

「え、ええ」

香菜子は我に返って、そう答えた。そこで芙美は、今、香菜子に必要なのは〝時間〟だと考えたようだ。

「明日、私は一日お渡しした名刺のカフェにいます。もし、亡くなったご主人に会いたいと思ったら……そして私が今、お話しした条件が守れると決心がついたら訪ねてきてください。もし、信用できない、怖い、そう思ったら連絡はけっこうです。名刺は破り捨ててかまいません。でも、その後は私のことは誰にも話さないで。そして私のことは忘れてください」

3

一日が経《た》った。

芙美と別れたときから、すでに結論は出ていた。

奇妙な名前の機械で大介に再会させてくれるのなら、どんな条件も約束も守るつもりでいた。だから、迷うというより、もしも大介と再会できたとしたら、どうしよう。そのことばかりを考え続けていた。

とに。

香菜子は、ふと気がついた。芙美と話してからというもの、一滴の涙も流していないこ
それから、病室に置いていた文箱《ふばこ》を開いてみた。

その文箱は、大介の遺品だ。病室でメモ用紙はないだろうか、と大介に言われて彼女が買い求め、筆記具やメモ用紙とともに病室に置いたものだが、メモ用紙に書き込む姿を香菜子は最期まで見なかったから、文箱は未使用のままだったに違いないと思っていた。

だが、死後に文箱を開くと、書き込まれたメモ用紙が入っていた。いつの間に大介が書いたのかはわからない。できるだけ側《そば》を離れなかったつもりなのに。きっと香菜子が席を外したわずかな間に書き残したものだと思われた。

用紙には、大介の文字で走り書きが残されていた。病室で記したのだとわかる。文字に力強さがない。

それは箇条書《かじょうが》きだった。

大介が、病が癒《い》えたらやりたいと考えていることを、一つずつ記している。

〈香菜子と温泉宿でゆっくり過ごしたい〉

そんな一行が目に飛び込んできた。大介は、このときまで自分の病が完治するのだと信じていたのだ。

初めて読んだとき、後の文字は噴き出る涙で読むことができなかった。今、大介が残していたメモをあらためて辿る。そして、胸に刻み込む。

文箱を置くと、香菜子はドレッサーの前に座り、丁寧《ていねい》にメイクを整《ととの》えた。それから、服を選ぶ。

これから、大介に会うために過去へ跳《と》ぶ。その決意は変わらない。しかし、過去へ行くのは、自分の心だけだ。何を着ていても関係ないはずだ。しかし、香菜子は水色の服を選んだ。「似合うよ」と元気だった頃の大介が気にいってくれた服なのだ。

香菜子は、その日、昼下がりに芙美のカフェ「デイ・トリッパー」を訪ねた。芙美がそこにいた。「待っていたわ」

芙美は、笑顔を浮かべて奥の中庭に面した席に香菜子を案内した。

「お茶でもいれるわね」

香菜子を座らせると、芙美は壁の向こうへと去った。すぐにでも、時を跳ぶ機械のある場所へ案内されるのかと思っていた香菜子は少し虚《きょ》を衝《つ》かれたような気分になった。思えば気分が少し高揚《こうよう》していることが自分でもわかる。前日までは、何をする気も起こらなかったというのに。

芙美は香菜子を落ち着かせるために、お茶をすすめたのだろうか。

店内を、あらためてゆっくりと見回した。思いのほか高い天井だった。すべてが木製だ。木製の床。木製のテーブル。白い壁紙には小さな花柄があしらわれていた。そして木製の天井。カフェの外観を見たときに、「英国植民地時代のアメリカの建物のようだ」と感じたことを思いだした。

木製の温かみが全体に漂《ただよ》う。ただし、建物そのものには歴史を感じる。これは芙美の伯父という人物の趣味だったのかもしれない。そして芙美は、この建物の古典的な魅力をそのままカフェに活《い》かしたのではないのかな、と想像した。

遠くから、かすかに音楽が流れてくる。耳をすます。クラシックではなかった。大きな音響ではないからメロディが耳に心地よい。

聞いたことがある曲だ。

曲名はすぐに思いだせた。「イエスタデイ」だ。ビートルズのポール・マッカートニーが作ったんだ、と香菜子は思いだす。高校の頃、音楽の授業に出てきた記憶がある。

「お待たせしました」

芙美がテーブルの上にカップを置き、ティーポットから紅茶を注いだ。

「この曲、好きなの?」と芙美が尋ねる。「え?」と思わず香菜子は問い返した。

無意識のうちに「イエスタデイ」を口ずさんでいたのだ。

「え、ええ」

「このお店で流れている曲は、いつもビートルズなのよ」と芙美は言った。「さあ、どうぞ」と紅茶をすすめる。

「ありがとうございます」

香菜子は、カップを手に取る。それだけで芳《かぐわ》しい香りがした。砂糖もミルクも使わずに一口飲んだ。ほろ苦い味が口の中で広がっていくのがわかった。

芙美は、香菜子が満足そうに紅茶を飲むのを見届けているかのようだった。

香菜子がカップを置くと、やっと芙美が言った。

「決心したんですね。私のことを信用していただいたのね」

「ええ」と香菜子は頷いた。「きっと、芙美さんからお話を伺《うかが》っている途中から、決心していたのだと思います。だから、昨日帰ってからこちらを訪ねるまで、一度も迷ったりすることはありませんでした」

「よかった」

「先に知っておきたいのですが、その心のタイムマシンで芙美さんが過去へ送り出したのは、私で何人目なのですか？」

芙美は少し首を傾《かし》げてみせた。

「伯父のことは知りません。でも、私が遡時誘導機で過去へ行きたいと願う人を過去へ送り出すのは香菜子さんが初めてなんです。嘘をついても仕方がないから本当のことを言っておきます。昨日もお話しした通り、伯父の遺《のこ》したすべてのものが私の所有物になったのが、つい最近のことなのですから」

「え？　私が初めてなのですか？」

「そう」

香菜子は、この期《ご》に及んで悪い冗談を聞かされているのか、と思ってしまった。

「では、その機械で本当に過去に行っているのかどうかもわからないではありませんか？……芙美さんも、この機械を使ったことがあるのではないのですか？」

「私は何度も、機敷埜の伯父に手伝わされていました。基本的に伯父は人を信用する人ではありませんでした。だから、どうしても人手を必要とする実験のときは、私を頼ったのです。遡時誘導機の初期の段階では、どうしても機械の操作を人に委《ゆだ》ねなければならなかったのです。そのときに、私は取り扱いについては習熟したつもりです。だから、何も心配されることはありません。伯父が何度も自分自身を被験者として過去へ跳んでいるのですから」

芙美は自分のことには触れず、あくまで伯父の経験談として語った。

「危険はないのですか？　扱い方はわかるんですか？」

その伯父という人物はもう亡くなっている。その死因は何だったのだろうか、という疑問が香菜子の脳裏をよぎった。まさか、この機械を使ったから、ということは……？　しかし、その後、彼はフリーエネルギーに研究の興味を移したはずだ。芙美は続けた。

「伯父はすべての回で異状なく過去から戻りました。そのうち、私が手伝わなくても伯父一人で操作できるようになりました。私だって、掃除機を扱うぐらいには自信がありますよ」

そう言ってから芙美は目を細めて笑った。

「あ、喩《たと》えが変だったかしら。でも、そのくらい機械の操作には慣れていると言いたかったの。香菜子さんに安心してもらいたいから」

疑っているのを見透かされたようで、香菜子はなんとなく申し訳ない気持ちになった。

「大丈夫ですか？　取りやめてもいいんですよ？」

「いいえ。もう夫に会いに行くと決めてますから」と香菜子は答えた。

「機械をお見せする前に尋ねておきたいことはありませんか？　香菜子さんが納得できてから研究棟のほうに案内しますから」

過去へ行って守らなければならないことは、しっかり、頭に入れたつもりだ。香菜子の最大の願いは、まず大介に会うこと。正直なところ、他には何も考えていなかった。他に疑問点は……。

「もしも、過去に跳んだとき、いつの時点に着くのですか？　夫が亡くなる寸前ですか？　それとも夫が元気な頃？　夫と出会う前ですか？」

口に出して初めて、大問題だと香菜子には思えた。せっかく過去に辿り着けても、その途端に再び大介を失うのであれば……。そんなことは耐えられないではないか。

「実は、何とも言えない。どの時点の過去に跳ぶのか、今のところ法則性らしきものは見《み》出《いだ》されていないみたい。ただ、伯父は生前、こんなことを漏らしていました。行き先を決めるのは時間旅行者の潜在意識ではないだろうかって。だから到着して初めて、その時点が自分が行くべき時間だったとわかる、と。伯父は時を跳ぶ旅で一度も裏切られたことがないと言っていたわ」

芙美の伯父は、いったいどんな目的を持って過去に跳んでいたのだろうか？　ふと、そんなことを香菜子は考えた。

「さっき流れていたビートルズの『イエスタデイ』は伯父も大好きだった曲なの。伯父が、時を跳んで帰ってきた後に、ここで二人で話していたときも、あの曲が流れていた。伯父が言っていたわ。この『イエスタデイ』という曲は、去っていった彼女のことを歌っていると皆は思っているけれど、実は違うんだ。作者のポール・マッカートニーは、十四歳のときに病死した母親のことを想ってこの曲を作ったんだって。今になって、よくわかる、と。

私は、伯父の時間旅行の手伝いをいつもやっていたけれど、どの時代に跳んでいるのかを知らなかったし、教えてもらったこともなかった。ひょっとして、伯父は自分の母親に会っていたのかな、とも思うんです。彼は、一度も自分の時間旅行を悔《く》やんだことはなかったの」

それ以上の質問を香菜子が口にすることはなかった。

ただ香菜子は、芙美のことを「思い込みの強い人だ」と思った。香菜子が友人と会話しているのを耳にして、香菜子こそが時間旅行をする必要がある人物だと信じ込んだこともそうだし、伯父の話から自分なりに想像を組み立てて、伯父が発明した機械は完全だと信じている。思い込みが強くなければ、こんなふうに話せないだろう。物事に不安を感じるなんてことがない人かも。もしかすると、伯父さんゆずりの性格なのかもしれない。

「香菜子さんの不安をなくせたかしら。他にも何かある？」

芙美はそう言ったが、他に疑問が生《しょう》じても正確な答えはもらえないような気がする。それに、どんな不都合があろうと、大介に会いに行きたい気持ちが変わることはない。

だから「はい。大丈夫です。すっきりしました」とだけ答えた。

芙美は、それを香菜子が一刻も早く過去へ跳びたい気持ちの表れと捉《とら》えたらしい。

「そう。よかった。じゃあ、ご案内しましょう」と立ち上がった。そのまま、カフェの入口へ行き、芙美は「いらっしゃいませ」の吊札を裏返して「準備中」とした。

なんと大雑把《おおざっぱ》な営業だろう、と香菜子はあきれたが、芙美にとってはカフェの仕事は伯父からすべてを譲りうけた段階で、どうでもよくなっているのかもしれない。

「いいんですか？　お店のこと」と一応、香菜子は尋ねたが「いいの、いいの」と芙美は楽天的な返事をしただけだ。それは本心だろう。二人の従業員がいると聞いたが、この日は見る限り、カフェ「デイ・トリッパー」には芙美以外誰もいない。かなり自由な営業形態なのか？　それではカフェとしては成り立たないのではないか？　誰一人客が入店する様子はなかったから、香菜子の大きなお世話かもしれないが。

芙美は、そのままカウンターの裏へと進み、通用口から外へ出た。香菜子は、その後に続く。

右手はカフェの窓から見えた庭になっていた。そして左へと進むと、やはりカフェと似た木造の別棟が建っていた。この棟は、カフェからは死角になっていて見えなかった。カフェの内部も天井が高かったが、こちらも見上げるような高さだ。芙美の伯父は、ここで生活していたのだろうか？　建物は淡い緑色に塗られていて温かみのある雰囲気だ。

芙美は観音開きのドアの前で立ち止まると、「ちょっと待って」と大きな鍵を取り出して入口を開けた。まるで学校寮の入口のようだ。

中に入ると左に階上へと続く階段がある。芙美は部屋の大きな窓のカーテンを開く。室内に生命が吹き込まれるように陽光が差し込んできた。

「伯父は、この二階で生活していたんです。そして、奥が研究室になります」

正面のドアが開かれる。そこは左右の壁が書棚になっていた。床から天井まで、無数の本が整然と並んでいた。それぞれ厚みがあり難解そうな書名だった。日本語ではない本もある。科学的な専門書ばかりというわけではなさそうだ。いったい何冊の蔵書があるというのだろうか？　そして、このすべてを芙美の伯父という人物は読破したのだろうか？　だとしたらよほど博覧強記《はくらんきょうき》の人物なのだろう。

芙美は、この部屋の光景も見慣れたものなのだろう。なんの注意も払わずに、ずんずん奥へと進んでいった。

部屋の奥はまたドアだ。その先も部屋らしい。

ドアを開くと、そこは広間のようだった。そのまま芙美は広間に入り、窓のほうへは行かずに、ドアの横のスイッチを入れた。

室内が明るくなる。

「どうぞ、この部屋よ」

芙美が得意そうに手招きした。香菜子は恐る恐る室内に足を踏み入れた。

小さな体育館ほども広さがあるのではないか。まず、香菜子が感じたのは、室内の独特のにおいだ。機械油のにおいもかすかにする。それだけではない。甘酸《あまず》っぱいような独特のにおいも漂っていた。何がそのにおいを放っているのかはわからない。

部屋の壁際には、四方にわたって黒い正体のわからない機械が置かれていた。だが、芙美はそのようなものには目もくれず、部屋の中央に鎮座《ちんざ》する機械に向かった。

その不思議な形の機械こそが、芙美が言っていた時を跳ぶ機械なのだと思った。

ジョルジュ・メリエスが巨大な大砲で月に向かって砲弾型宇宙船を打ち出すという無声映画があった。その砲弾型宇宙船は、映画の中では擬人化された月の目玉部分に突き刺さるのだが、目の前の流線型の機械は、その砲弾にそっくりの形をしていた。

上半分が透明なカバーになっていて、人が一人座れるようになっている。あの座席に座るのだという覚悟が湧いてくる。無意識に生唾を飲み込んだ。

「この機械がそうですか？」

香菜子は、そう尋ねながら声が上擦《うわず》っているのを感じていた。砲弾型機械の底部からは無数の何色ものコードがくねくねと延び、壁際の装置群に繋がっていた。赤や青、黒。まるで部屋が機械の体内であるかのようだ。コードは、その体内を走る血管を思わせる。

「そう。遡時誘導機。伯父はデイ・トリッパーと呼んでいたわ」

「変な名前ですね」

そうだ。たしか表のカフェの店名もデイ・トリッパーだったではないか。

「伯父はビートルズが好きだったから」

ビートルズにも同じ名前の曲があるのだ。日帰り旅行者のことをそう呼ぶのだと、芙美は教えてくれた。デイを時間と読み替え、デイ・トリッパー＝時間旅行。ぴったりだと、伯父が名付けたのだという。

「どう？　デイ・トリッパーに乗りますか？」

機械は信頼できるのか？

自分が、芙美が過去へ送り込む伯父以外の最初の被験者だとしても。

そんな思いがなかったと言えば嘘になる。しかし、そんな不安よりも先に、言葉が香子の口をついて出た。

「乗ります」

その返事を聞いて芙美は目を細め、満足そうに頷いた。それから、デイ・トリッパーに近付き砲弾型の底部に触れた。

そこがメイン・スイッチだったのか、数カ所が点灯する。赤い色が橙《だいだい》色から緑色へと変化した。それは、壁際に並べて据えられている装置群でも同じだった。操作を続けながら芙美は言った。「部屋のカーテンは開きません。誰かが外から見ていたらいけないから」

あくまで、デイ・トリッパーのことは世間には秘密だということらしい。もっとも窓の外から覗《のぞ》いたくらいでは、この機械が何なのかわかるはずはないだろう。

芙美がデイ・トリッパーの計器を見て、「いつでも大丈夫よ。もし、心の準備ができているならこれからすぐにでもいいくらい。どうする？」

「今からでも。行けるのならば」すでに、香菜子はそのつもりでいるのだ。

「わかりました。これから、香菜子さんを過去へ送り込みます」

「その前に一つだけ。私はいつ帰ってくることになるのですか？」

「身体が跳ぶわけじゃない。心が跳ぶから物理的な期限があるわけではありません。時機が来れば、香菜子さんが望もうが望むまいが、過去から引き戻されることになります。それがいつ来るかは、これについても伯父は言っていなかったわ」

「そうですか。お願いします」

それを聞くと芙美は頷いて、香菜子を椅子に座らせた。あまり座り心地がよくない無骨な椅子だ。芙美の伯父が研究用で使っていたものではないだろうか。

　そして芙美は壁際に近付くと、棚を開けた。中からコップを出し、下部の冷蔵庫から黄色い飲み物を取り出して注ぐ。その部分も装置だと思っていた香菜子には意外だった。

「さあ、これを飲み干して」と、芙美はコップを香菜子に差し出した。部屋に入ったときににおった甘酸っぱい香りの正体がわかった。

　この液体のにおいだったのだ。ただのジュースではないことは見ただけでわかる。

　香菜子は不安を感じた。そんなことは聞いていなかった。

「これ……何ですか？　なぜ、飲まなくてはならないのですか？」

「伯父は、これを遡時誘導剤と呼んでいた。毒じゃないから安心して」

　そう言われても、素直に信用していいものかどうか。芙美は、迷った様子の香菜子に言った。

「デイ・トリッパーは、心を過去に跳ばせる機械だけれど、それには旅行者の精神状態がどうあるかということも大きく関係してくるの。伯父が言っていたわ。過去へ跳ぶときは、禅で言う〝無我の境地〟の心の状態でなくてはならない。でないと、過去へは行けない、と」

「睡眠薬ということですか？」

「正確には違う。心が限りなく穏《おだ》やかな状態になる。でも覚醒《かくせい》している。しかし身体は動かせない」

香菜子は怖くなった。それって、麻薬や覚醒剤の類《たぐい》では？　このまま眠らされて、何かされる可能性だって……。

香菜子の様子を見て、芙美は自分が恐怖を与えてしまったことに気付いたようだ。

「ごめんなさい、説明が足りなかったわね。これは、伯父がデイ・トリッパーと一緒に開発した、いわば安定剤よ。危険なものは入っていない。……たしかに、この薬を使うことを、〝麻薬でトリップする〟ことになぞらえてもいるけれど」

デイ・トリッパー。そんな意味も込められていたのか。伯父さんという人はなんと用意周到な人物なのだろう。香菜子はなんだか呆れてしまった。

「過去に行っても、身体が動かない状態が続くのですか？」

「過去へ跳んだら現在の肉体から解放されるから関係ないわ。それに、効果は三十分もないの。すぐに元通りの身体になる」

「伯父さんも、同様の方法で行っておられたのですね」

「最初はね」

「というと？」

「後では、薬に頼らなくても、過去へ跳ぶのに最適な精神状態に自分をコントロールできるようになっていた。だから私の手助けも必要とせずに、デイ・トリッパーで一人で気ままに時間旅行するまでになっていたわ。でも、最初は無理。このお薬を使わないと、デイ・トリッパーはあなたを過去へ跳ばしてはくれないわ」

目の前に差し出されていたコップを香菜子は受け取った。なんとなく毒々しい色に見えてしまう。こんな量を飲み干さなくてはならないのだろうか？

「これ、全部飲むんですね」

「そう」

ここで躊躇《ちゅうちょ》しても仕方がないと香菜子は腹を据えた。今やめても、後から何度となく後悔することになるだろうという予感はあった。不安があっても踏み出さなくてどうする。大介に、また会う方法はこれしかない。

コップを口にあてて中の液体を飲む。

どろりとしていた。味はない。ただ、同時に酸っぱいにおいが鼻腔《びこう》を突いた。そのおかげで飲みこもうとする液体が逆流しそうになったが、必死で飲み干した。

口の中にねばねばした感覚だけが残っていた。これでいいんだ、と香菜子は思う。

「さ、こっちへ」と芙美が香菜子の手をとった。芙美は香菜子の様子を確かめながら、デイ・トリッパーの方へゆっくりと歩く。

もう薬は効いてきているのだろうか？　何も変わったようには感じないけれど。

砲弾型のデイ・トリッパーの透明なカバーが開かれ、香菜子はついにシートに腰を下ろした。

芙美は香菜子にヘルメットをかぶせるとカバーを閉めた。

腰を下ろすと部屋中を見渡すことができる。目の前には計器パネルがあり、数字が増減していたりランプが明滅していたりする。もちろん、香菜子には、そのような表示が何を意味するのかわかるはずもない。ただ、手の届く範囲にキーボードやいくつものスイッチのようなものがあるので、デイ・トリッパーは香菜子がいる内部からでも操作することができるのだと想像できた。芙美は壁際の装置を点検しているから、彼女は外部から操作するのだろう。

芙美の声が耳元で聞こえた。

「香菜子さん。聞こえる？」

「はい。聞こえます」

「まだ意識がちゃんとしてるのね。もうしばらく待って。今、香菜子さんの脳波を見ているところだから。ベストの状態になったら跳ばすから」

「はい。目は閉じていた方がいいですか？　何も考えていない方がいいですか？」

「どちらでもかまいません。こちらで適切なタイミングを探します。数を数えているのも一つの方法かもしれない。伯父も最初はそうしていたらしいわ」

眠気は感じていなかった。香菜子は言われたとおりに数を数え始めた。時々「本当に時を跳ぶことができるのだろうか？」と疑問が浮かんでくるが、その思考のせいでタイムリップが失敗しそうであわてて打ち捨てた。

4

いくつまで数えたのだろう。香菜子はいつのまにか自分が意識を失っていたことに気がついた。眠りから醒《さ》めたような感覚だった。

「香菜ちゃん。香菜ちゃん」

名前を呼ばれた。それも懐かしい人から。

その声を聞いてあわてて身を起こそうとした。ゆらゆらと身体が揺れている。自動車の助手席にいるのがわかる。

そして誰が自分の名を呼んでいたのかがわかった。

大きく息を呑《の》んだ。大介が生きているなんて。

車窓から海が見える。運転しているのは大介だ。

夢を見ているのだろうか？　と香菜子は思いながら、反射的に「はい」と答えた。

温かい掌《てのひら》が香菜子の額《ひたい》に触れた。香菜子には、大介の匂いがはっきりわかった。

「ああ、よかった。眠っていて、急に呻《うめ》くような声をあげたから、どうかしたかと思ったよ」

大介が、前を向いたままそう言った。

「うなされたのかな。悪い夢でも見たの？」

そう問われて、香菜子は何が現実なのか、わからなくなった。うたた寝していて悪い夢を見ていたのだろうか？　何だか悲しいできごとに出遭ってしまったような。ああ……大介が死んでしまう……そんな悪い夢を。

「そう。なんだか怖い夢を見ていた」

大介が香菜子の額から手を離す。「そうか。夢でよかった」

大介の匂いが遠くなる。代わりに薄く開いた窓から海の香りが入ってきた。

あ、これは現実だ、と香菜子は思う。なんと最悪な夢だったことか。運転している大介を横目で見る。よかった、夢で。

「でも、うなされるほど怖い夢ってどんな夢だったの？　眠り込んだのは一瞬だったろう？　うとうとした間に見た夢なんだよね」

妙に現実感のある夢だった。大介が存在しない夢。大介が死んでしまった夢。

「ううん。夢の中のことだから、目が醒めたら何が怖かったのか忘れてしまった」

大介に言うわけにはいかない。あなたが死んでしまった夢、だなんて。そんなことを言われたら、誰だって気持ちがいいはずがない。

熱い風が、窓から入ってくる。

「冷房がきかないから、窓は全部閉めちゃって」

ということは、今は夏？　と香菜子は首を傾げた。今は何月？　何日？　昨日は何日だった？

思いだせない。

香菜子は愕然《がくぜん》とした。

そして、それ以上に愕然としたこと。夢の中の自分がいたのが何月何日だったか、はっきりと思いだせたのだ。

三月十七日の金曜日。

おかしい。現実の自分がいる日付がまったく思いだせないなんて。

それがきっかけになって、記憶の紐《ひも》がゆるゆると解《ほど》け始めた。

芙美の顔が浮かんだ。この人は、私をここへ送り込んだ人だ。私は過去へ跳んできたんだ。三月十七日の午後から今へ。流線型の砲弾のような機械に乗り込んで。あの機械を芙美という人は何と呼んでいたっけ。

デイ・トリッパー。

そこまで思いだして理解した。そうだ。未来の自分の心だけが、今の私の身体に跳び込んだのだ。

その未来では、大介が死んでしまっていたから。つらくて、どうしようもなくて、もう一度、大介に会いたくてたまらなかったから。

本当に来ることができたんだ。

もう一度、運転している大介を、香菜子は凝視《ぎょうし》した。

大介。生きてる。

香菜子の視界が突然ぐにゃぐにゃになった。涙が大量に溢れるのを抑《おさ》えることができなかった。

涙を隠そうと、香菜子はあわてて大介から顔をそむけて車窓を閉めた。

今日は休日なのだろうか？　だって、大介と海の見える場所までドライブに来ているのだから。そしてこの風景には見覚えがある。岬に続いている湾岸道路だ。今は海が助手席側にあって、陽《ひ》が傾いているということは、もう帰途についているのだろうか？

香菜子は、ぼんやりとそう推測した。同時に今はそんなことはどうでもいいと思った。大介と一緒にいられる。それだけで世界は完結している。

やっと自分の呼吸が整ってきた気がした。涙も乾いたようだ。もう泣いていたことが悟られることはないだろう。

「ねえ、大介。手を握っていい？」平常心を装って香菜子は尋ねた。彼の手はハンドルで塞《ふさ》がっていた。

「ああ、いいよ」と大介は左手を離し、助手席の香菜子に差し伸べてくれた。その手を香菜子はしっかりと両手で握った。大介の温もりが伝わってくる。

「どうしたんだ。余程怖い夢だったんだね。暑いの？　掌に汗をかいてるじゃないか」

「うん。大丈夫よ」と、香菜子は、大介の手を自分の頬に当てた。前にも運転中の大介の手を取って、こんなことをした記憶があった。大介は、変には思わないはずだ。

「香菜ちゃん。もうしばらくしたらカーブが続くから、それまでだよ。安全運転しないと」

「うん、それでいい」と香菜子は答えた。

でも、自動車の運転よりも、もっと注意しなければならないことが他にあるはずよ。唐突にそう思った香菜子は、口に出そうとした言葉をあわてて呑み込んだ。

そう、私はあなたが死んでしまった未来から跳んできたのよ。もう一度、あなたに会いたくて。

どのくらい大介と過ごせるのだろう？

いや、今はいつなのか？　今は何年の何月何日なのか？

どう尋ねれば大介は不思議に思わないかしら。今日は何年の何月何日？　そう尋ねるのが一番確実だが、大介は不思議というより奇妙に感じるはずだ。帰宅すれば、わかると思う。新聞を見ればいいし。

ジーンズのポケットに手をやると、何かが触れた。そっと手に取る。携帯電話だった。以前、香菜子が使っていた折り畳み式の古い型のものだ。開いてみた。待受画面に日付と時間が表示されていた。

二年前の七月。ということは……。

あわてて香菜子は計算する。

この一年半後に、大介は急逝することになるのだ。

またしても愕然とした。それだけしか時間が残されていないなんて。

「どうする。家に着くのは六時を過ぎるけど、晩飯の用意はその後だろう。大丈夫かい？」

大介が夕陽を見やり、そう言った。だが、冷蔵庫にどんな食材を買い置きしていたかもまったく思いだせない。本当ならば、大介には「心配しなくていいわ。豪華にはならないかもしれないけれど、少し待ってもらえれば、私が準備するから」と答えてあげたかった。だが、それもできない。大介は口ごもった香菜子のことを気遣ったようだった。

「今夜は外でご飯食べようか。近所の居酒屋はどう？　今日は休みだし、香菜ちゃんもゆっくりしよう。近所ならぼくもお酒飲めるし」

「わあ。嬉しい」と素直に香菜子は喜んだ。

大介はまず何よりも香菜子のことを考えてくれていたことを思いだした。そして大介の「香菜ちゃん」という呼び方も懐かしかった。

そう。何もかもが嬉しい。

大介と香菜子の住むマンションは、横嶋《よこしま》市のはずれにあった。自動車を置いて食事に出かけたときには、もう午後八時を回っていた。あたりはようやく陽が暮れて濃紺の空に変わっていた。

居酒屋「酒楽」は、住まいから歩いて十分ほどのバス通りにあった。大介が倒れてから一度も足を運んでいない。だが、この頃はよくこの店に出かけたものだった。値段も手頃だし、メニューも多い。味も悪くなかったからだ。

バス通りへ出るまで、街灯がない場所を抜けることになり、道も暗い。そこで香菜子は大介の腕にぎゅっと摑《つか》まった。大介も照れることもなく香菜子を自分の方に引き寄せてくれた。無言のまま。それだけで大介の心を感じることができる。

こんな場面は前にもあったな、と香菜子は思う。

でも、そのときとは大きな違いがある。

たしかに、以前も嬉しかった。幸せを感じていた。しかし、そのときは、この幸せがこれから永遠に続くのだと思っていた。

実はそうではなかったのだ。幸せとは有限なのだと、今は知っている。この一年半後には、幸せはしゃぼん玉のように消えてしまうことを。

思わず、香菜子は大介の腕にさらに強くしがみついた。それは香菜子の衝動としか言いようがない。自分でも抑えきれなかったのだ。

そのとき、大介が口を開いた。

「香菜子ちゃん、どうしたの？」

「いや。どうもしない。なんとなく」

芙美に言われたことを、突然降ってきたように思いだしたのだ。

大介には絶対に死期を知らせてはいけない。その約束を守ることで、再び大介に会わせてもらえた。直接、大介に寿命を教えることがなくても、香菜子の行動から疑問を抱《いだ》かせてしまったら、未来に戻されてしまうのではないか。

「それなら、いいけれど。一瞬どうしたかと思ったよ」

「心配してくれてありがとう。大好きよ、大介」

そう言った。そういえば、自分は一緒にいていつも楽しかったのに、大介に対して好きだということをあまり言っていなかったなと思いだしたのだ。それは言っておくべきことだな、とそのとき思ったからだ。

大介は、ふっと足を止めた。少し驚いたようだった。それから「ありがとう」とだけ、照れ臭そうに言った。

「酒楽」は、休日のためだろうか。客は少なかった。平日は、近くの工場に勤める人々が、一杯ひっかけて帰ろうという溜《た》まり場になっているのだ。この日は、数組の家族連れが奥の小上がりにいるくらいのものだった。

久しぶりに来た、と思って香菜子は見回す。

「何だか珍しそうだね。先週も来たじゃないか」

大介が、そう声をかけた。香菜子はあわてて「んー、どこに座ろうかなと思って」とごまかした。

「今日は、カウンターに座ろうか？」と大介。

「うん。どこでもいいよ」

二人は厨房《ちゅうぼう》が見渡せる席に腰を下ろした。

先に注文した生ビールのジョッキが早々と運ばれてきた。二人がジョッキを手に取るまでに、わずかな沈黙があった。香菜子の沈黙は、こうして隣同士で座っていると感情が溢れだしそうになって、何か話すと泣きだしてしまうのではないかという脅《おび》えから。そんなことを知らない大介の方は壁のメニューを眺めまわしていたから。

二人はジョッキを当てて乾杯する。それから、大介は一息に半分ほども飲む。香菜子は、その懐かしい飲み方を眺《なが》めながら思わず溜息《ためいき》をついてしまった。

幸福だ。

こんな、なんということのない時間も実は幸福で満たされていたのだと知る。あたりまえの、普通の時間だと思っていた。あたりまえじゃない。なんということもない時間じゃない。

実は、とても貴重な時間だった。今、それがわかる。

大介との時間は、大事に過ごさなくては。

そう思うと、大介の横顔から目が離せなくなる。

「焼きとりを適当にもらおうか。それから酒楽気まぐれサラダと、生麩《なまふ》のバター焼き、あとイワシのフライ。香菜ちゃんは何がいい？」

「とりあえず、それでいいかな。あと冷《ひや》やっこがあれば」

「よおーし。そんな感じで」と注文した後で大介は、じっと香菜子を見る。

「それで、今日はどうしたの？」と尋ねた。

香菜子は焦《あせ》ってしまう。どこか変だっただろうか？　大介には、わかるのだろうか？

私が未来から跳んできたことが。

何か、自分では気がつかないミスをしでかしていたりして。

「え？　今日？　いつもどおりよ。どうして？　何がどうしたのかって？」

香菜子がそう答えると、大介は首をすくめるような仕草をした。

「気のせいかな。何か、香菜ちゃんがいつもと違う気がするんだ」

大介が、こんなに勘が鋭いとは思っていなかった。

「いつもと違うって……。どんなふうに違うの？」

問い返すと、大介は首をひねる。

「それが、どこがどうとはうまく言えないんだよ。ほとんど、いつもの香菜ちゃんなんだけれど、何かの拍子に、あれっ？　と思うくらいの違い」

「嫌な感じだった？　私」

「そんなことないよ。逆に……素敵だなって思ったよ」

「本当に？」

「本当だよ」

香菜子はあまり面と向かって大介から「素敵だな」と言われたことはない。大介は、そんなことは口にしなくても、わかっているだろう、と考えているらしい。照れるのかもしれないし、好きだ、とか素敵だ、とかを軽々しく口にすべきではない、という美学らしきものを持っているように香菜子は感じていた。だから、照れながらではあるが、大介の口からちゃんと「素敵だな」と言われたことが嬉しくてたまらない。

どうして、大介はちゃんと言ってくれたのだろう。

それから気がついた。この居酒屋に来る途中で、今まで言わなかった「大好きよ、大介」と口にしたときの大介の反応。

香菜子は、芙美との約束を思う。「大介に死期を告げてはいけない」それは守る。それよりも、もっと大介に言っておくべきだったと後悔していたことがある。「大介のことが大好き」という気持ちを、充分《じゅうぶん》に伝えていなかったのではないだろうか。思い残すことのないように、その思いを彼に伝えるべきだと。

決めた。

そうしよう。

何かの本で読んだことがある。褒《ほ》めてやった植物はよく育ち、けなしたり罵《ののし》ったりした植物は、やがて枯れてしまうそうだ。どうもニセ科学ではないかと香菜子には思えていたが、少なくとも褒める言葉は人を前向きにする効果があるのかもしれない。それが、ひいては人間の免疫力を高める要因になってくれはしないか。ストレスを受け続けると人は故障を起こす。自信を与え続ければ、逆に大介の健康を守ることに繋がるかもしれない。

香菜子は自分の考えにわずかな希望を見出した。

とにかく、今は大介の横にいることだけでも心がウキウキしている。

やっぱり私は大介のことが大好きだ。

香菜子は、ジョッキを置いて大介の左腕に両手を置いた。

「ああ、今日は楽しかった。本当に大介と一緒にいられて幸せ」

大介はジョッキを持つ手を止めて、じっと香菜子を凝視していた。驚いたように。

変だったかな？　こういうセリフは大介の好みではないのだろうか。

　すると、大介は瞬きを繰り返してから、口を開いた。

「それだ。そこだよ、香菜ちゃんが違うところ。今までは、そんなこと言わなかったろう？　何か、違うものが降りてきて憑《つ》いたみたいだ」

「そういうことを言うの、嫌い？」

「いや、そういうわけじゃない。慣れないだけさ。香菜ちゃんのことは変わらず好きだよ。でも、どうして急に言えるのかなあ」

　そう尋ねられると、どう答えたものか、少し考えてしまう。しかし、変に言い繕《つくろ》ってもおかしいだろう。

「私、昼間、車の中でうとうとしていたときに気がついたの。私は大介のことが大好きなのに、大好きだとちゃんと伝えていなかったって」

「それは、ぼくはちゃんとわかっていたよ。香菜ちゃんの態度で。好いてもらっているんだなって。嫌いだったら、こうして一緒にいたりしないだろう」

　あわてて大介が慰めるように言い添える。

「うん、だから私は決めたの。大介のことが好きだと思ったときは好きだと言おうって。素敵だと思ったときもそう言おうって。そうすれば大介はどんなときが自分が素敵かわかるでしょう」

大介は照れたように頷いて、頭を掻《か》く。

「よくわかったよ。嬉しいけど、あまり褒められることに慣れていないからね」

「これから慣れればいいわ」

大介は、会話の余韻《よいん》に浸っているように沈黙している。満更《まんざら》でもないという表情だった。

そのとき、香菜子は思いだした。文箱で見つけたメモのことを。大介に言ってみよう。喜ぶのではないか？

「ねえ。温泉に泊まりに行きたいなあ」

5

大介は驚いたように目を開いて、香菜子をまじまじと見つめた。

香菜子は何か間違ってしまったのだろうかと、一瞬怯《ひる》んだ。いや、そんなことはない。二人で温泉に行きたいというのは、大介自身が望んでいたことだ。

あのメモを文箱で見つけたときからずっと、香菜子もそのことを忘れたことはなかった。私だって、大介と温泉に泊まりに行きたかった。結婚以来、新婚旅行へも満足に行っていないのだ。なのに、いつも仕事に追われている様子の大介には、そんな願いを口にしそびれてしまっていた。あのメモを見ていなければ、ここで口にすることもなかっただろう。

「びっくりした」と大介は言った。「一緒に暮らしていると、夫婦は似てくると言うけれど、まさかここまで考えることが似てくるとは思っていなかった。今も……っていうか、この間からずっと、そんなことをぼんやり考えていたんだ。香菜ちゃんの方から温泉の話が出たから、本当に驚いた」

香菜子は、どう答えるべきなのかわからず、ただ何度も頷いた。

大介は驚いてはいるが、香菜子からそのような申し出があったことが嬉しくてたまらないという様子だ。

それから、大介が言った。

「うん。必ず行こう。今は仕事が詰まっているけど、もうすぐ目処《めど》がつくと思うんだ。それから香菜ちゃんに話そうと思っていた。あと、一週間ぐらいで見えてくるんじゃないかと思う。そのあとくわしい計画を立てようよ。何泊もは無理だけれど、それまでに香菜ちゃんが行ってみたい宿とかをリストアップしてさ。でも、人気のある宿なんかは、ずいぶん早くから予約しておかないと、無理なのかなあ」

香菜子は、大介のそんな気遣いが嬉しかった。温泉旅行に大介と行ける。それだけでわくわくする。豪華で有名な宿などでなくてもかまわない。

「大丈夫よ。人気の宿でなくても。仕事が一段落しそうになったら教えて。一緒に考えましょう」

「うん、約束するよ」

大介は指切りする代わりに、ジョッキの残りのビールを一息にくいと飲み干してみせた。それが彼には約束の証《あかし》のつもりだったらしい。そして空《から》のジョッキを「ほら」とかざしてみせた。これで約束完了というように。

その様子があまりにもおかしくて、香菜子は吹きだしてしまった。大介もそんな香菜子につられて笑う。

香菜子は思わず大介の顔に見とれた。私は、なんと素敵な人と結ばれたのだろう。大介は目も輝いている。笑顔も魅力的だ。

「なにを、ぼーっとしてるの」

そう、大介が言った。

「いや、あんまり大介が素敵だから」と正直に言った。

「いや、いや、いや。また、また、また」

何度言われてもそんな言葉をかけられると、大介は照れてしまうらしい。「ホント今日の香菜子ちゃんは」と言って大介は左手を伸ばし、香菜子の肩をやさしく叩いてくれた。

「だから、カウンター席は好きよ」

そう言いながら、香菜子は自分のすべてが幸福に包まれているのを感じていた。

だからこそ、空腹で飲んだビールが急速にまわってきたのかもしれない。

そのあたりから、何が現実で何が夢なのかの境がわからなくなったような気がする。大介に肩を支えられて歩きながら、何か歌も唄った。大介の手の温かみを感じながら、足がふらついた瞬間に、これこそが幸福なのだ、と香菜子は思っていた。

しかし、何かが不安だ。大介が消えてしまうのではないか、という不安？　そんな夢を見ていたような気がする。そんな悪い夢を吹き飛ばすためには、二人で温泉へ行かなくては、と脈絡なく考える。

「大介ぇ。温泉行こうね。約束だよ」

「ああ。ちゃんと覚えているよ。約束したじゃないか」と大介が耳元で囁《ささや》くように答えてくれる。

これが現実なのだ。悪い夢を見ても、しばらくしたらすぐに忘れてしまえる。

「香菜ちゃん、大丈夫かい。今日は、えらく弱いな」

「大丈夫。大丈夫。大介ぇ。大好きだよ。いつまでも元気でいてねぇ」

香菜子が、目を醒ましたのは、大介の声でだった。

「じゃあ、行ってくるから」

目を開《あ》け、あわてて身を起こすと、蟬《せみ》の鳴き声がうるさかった。白いシャツの大介が覗き込むように香菜子を見ていた。

「あ。ごめんなさい。寝過ごしてしまって。すぐに用意するから」

「大丈夫だよ。自分で用意したから。トーストとコーヒーだから、自分でできるさ」

それから、右手を差しだし、まるで香菜子と握手するように手を握ってくれた。「じゃ」と大介は寝室を出ていく。

あわてて起き上がったが、大介が出ていく気配に、玄関のドアが閉まる音が続いた。大介にとってはいつもどおりの朝の行動に過ぎないのだろう。どうせ夕方に仕事を終えて帰ってきたら香菜子に会えると思っているのだろう。

いつもどおりの大介だ。現実の大介だ。しかし、香菜子の記憶の中に何か重《かさ》なるものがある。これはリプレイの世界だ。この延長で、大介が香菜子の前からいなくなり、悲嘆にくれる日々が始まる。そんな世界から自分は戻ってきた。

これから一年半後に大介は死んでしまう。布団の上に座り込んだ香菜子に、未来にいたときの、どうしようもない記憶が蘇《よみがえ》ってきた。

しばらく、香菜子はその考えから抜けだせずに、動けないままでいた。それから、やっと身体を無理に動かした。そうだ。こんなに思い悩むために戻ってきたのではない。大介と一緒に過ごして悔いを残さないように、あの人が戻してくれたのではないか。めそめそしているだけでは、過去へ戻ってきた意味がない。

立ち上がって台所へ行く。胸が少しむかつく。頭の右が痛い。宿酔《ふつかよ》いだということがわかった。

香菜子は、専業主婦だ。子どもがいない間は、自分も勤めに出ようかと考えていたのだが、家庭を守ってほしいとは大介の希望だった。「香菜子は家庭を守る。ぼくは香菜子を守る」というのが、結婚前からの大介の言い分だった。香菜子には大介の世話にしばらく集中してほしい、とも言った。大介にはそれだけの収入もあったから、香菜子は黙って大介の希望に従った。いつ子どもができてもいいように。そんな大介の言葉も聞いたことがあったような気がする。

大事にしなければいけない、という気持ちが湧き上がってくる。大介のことを。そして大介と一緒にいる時間を。

本当は、頭が痛くて動きたくない。でも、時間がもったいない。自分は、大介がいる時間をあれだけ望み、願い、大介がいる時間にいるのだから。大介のために何ができるのか考えて過ごさなくてはならない。

頭が痛いくらい、なんだ！ と言い聞かせた。

それから、香菜子が驚いたこと。

自分の身体が、大介との日々の暮らしのプログラムを記憶している。洗濯機を回す。ゴミを出す。部屋に掃除機をかける。バスルームを洗う。すべてが一連の動作になっている。掃除機を動かしながら、自動的に頭の中で夕食の献立を検討している自分に気がついて驚いた。

お昼前には室内の家事はすべて終えていた。同時に、ありがたいことに、朝から感じていた頭痛が嘘のように鎮《しず》まっていた。

それから、いつもならば夕食のための買物だ。そのときも、行動は考えたものではない。身体が動くのが先だ。バッグを握って、外へと出る。

正直、何を夕食に作るかという結論には至っていない。ただ、身体が動くままにゆだねてみようと思った。そうすれば、かつての自分の日常の行動が明確に再現される。そんな考えだった。

バスで二つめの停留所のところに商店街がある。香菜子はバスを使わずに、その間を歩いてみるつもりだった。夏の熱い陽射しの下だが、ずっと自分は外に出ないでふさぎ込んでいたという気がする。

歩いていれば、何か発想を得るかもしれない。今、自分は何をすべきなのか、ということの答えが得られるかもしれない。

香菜子は日傘をさしてひたすら歩く。本当なら夕食のメニューをイメージしながら歩くべきところなのだが、別のことばかり思い描《えが》いてしまう。だから、バス停の二区間を歩いたというのに歩いた気がほとんどしないぐらいだ。

まだ余裕がある。今は、与えられた幸せな機会を享受《きょうじゅ》すべきだ、という考えと、あと一年半しかないはずの大介との生活で、やるべきことをちゃんと考えておかないと、きっと後悔することになる、という考えが交互に浮かび相剋《そうこく》しあっていた。だから、無意識のうちに、表通りの商店街の入口を通り過ぎてしまっていた。

いや、無意識ではなかったのかもしれない。香菜子の潜在意識が、香菜子を誘導したのではないだろうか。

どれだけ歩いたのだろう。汗が首を幾筋も伝うほどだった。そして、ある街角で香菜子は足を止めた。

この場所には来たことがある。

だが、前に来たときと、目の前の建物の様子が違っている。

建物は違っていても、周囲の風景には見覚えがあるのだ。広い道路の割には交通量は少ない。そして、街路樹が続いている。住宅街だ。だから、商店などは見あたらない。

ここは、カフェだったところだ。

「デイ・トリッパー」という名前の。

しかし、外観は違う。古い洋館風の民家だ。カフェとして営業するにあたって、大がかりに改装されていたのだと香菜子は思った。

大介の生前に、自分はここに足を向けたことはなかった。そして、香菜子の記憶にあるこの建物はカフェだった。

夢なんかじゃない。自分は、大介が死んだ未来から、過去へ戻ってきたのだ。

同時に、確かめずにはいられなくなった。

この建物の中に笠陣芙美はいるのだろうか？

もう、ここでカフェ「デイ・トリッパー」は営業しているだろうか？

そんな疑問が、当然湧いてきた。香菜子は吸い寄せられるように、その建物に近づいていく。

そういえば、このあたりがカフェの入口だったと思える位置に香菜子は立つ。

記憶の中のカフェ「デイ・トリッパー」は、道路際に店名の立て看板があった。しかし、今はそんなものはない。ドアは色付きのガラスだった気がするのだが、目の前にあるのは渋い木製のものだ。

ドアの横には表札があった。

表札には〈機敷埜〉とある。

笠陣では、ない。芙美はたしか笠陣だったはずだが。

ということは、まだ芙美はカフェを開店させていないということだろう。

そして、香菜子は思いあたった。この家は芙美の伯父の住まいだったのではなかったか。伯父の名前というのが、奇妙な響きのものだったから、香菜子は表札の字面を見て思いだした。たしかに、機敷埜という名前だった。

そう思いあたる。

芙美はまだここにはいないということだろうか。

いや、伯父が発明した遡時誘導機ができあがってすぐの頃から、芙美は機械の操作を手伝っていたと言っていた。だから、ここがまだカフェになっていないとしても、芙美は伯父のこの家を訪ねてきているかもしれない。

近い将来カフェになる洋館の向こう側には、伯父の研究棟があるはずだ。

無意識に香菜子は門の前で背伸びして、建物の奥のほうをうかがった。だが、死角になっていて、研究棟は見ることができなかった。内部の様子はわからなかったが、今にも中からビートルズの曲が聞こえてくるのではないかという気がしていた。

いや、現実には何も聞こえてはこない。しかし、この時代に跳んでくる前のことは、明白に思いだすことができた。奥の研究棟で香菜子と芙美にどのようなやりとりがあったのかが、まざまざと蘇る。

何故、ここまで、自分が吸い寄せられるように足を向けてしまったのか、その理由が、今は、はっきりとわかる。

悪夢のような未来が、できればただの悪い夢に過ぎないと確認したかった。「デイ・トリッパー」というカフェのある建物も実在しなければいいと願っていた。しかし、現実には、いずれカフェ「デイ・トリッパー」に生まれ変わるであろう建物は存在していた。

つまり、香菜子はやはり悲劇が待つ未来からやってきたのだ。ただし、条件をつけられて。タイム・パラドックスを起こしてはならないと。

過去へ跳んだ人間が望むことは、悲劇を回避することではないか。事故を防ぎ大事な人を救う。だが、それはタイム・パラドックスを発生させてしまう。だから、芙美はそんな可能性のある者を誘いはしなかった。

治療法のない病でこの世を去った人にもう一度会わせてやるためだけに、過去へ送り込むというのは、これ以上親切な行為はないように見えて、実は残酷なことなのではないか。

しかも、未来から来たことは封印させられて。

香菜子は、そんな思考が渦巻《うずま》いていて、正直そのときは視界に何も入っていなかったも同じだった。

香菜子が我に返ったのは、背後に気配を感じたからだ。

他人が見たら、変に思われる、というのは香菜子にとっては当然の発想だ。近所の人にとって、こちらの家を覗き込んでいる人物ということだけで、充分に不審な行為だ。目立ってはいけない。偶然このあたりを訪れ、道を捜しているように演じて立ち去ろう。

それが、咄嗟《とっさ》に香菜子が思いついたことだ。

香菜子は、しきりに変だな、というように頭を振ってみせてドアの前を離れて、振り返った。

感じた気配は気のせいではなかった。

香菜子がやってきた道とは反対の方角から男が近づいてくる。

長髪の胡麻塩《ごましお》頭で、背の高い痩せた男だった。

独特の風貌だと香菜子は思った。年齢もよくわからない。牛乳瓶の底をレンズにしたような度の強そうな眼鏡をかけていた。そこは緩《ゆる》やかな上《のぼ》り坂になっているので、ぜいぜい息を切らしながら自転車を押してきている。

六十歳過ぎ。いや、七十歳はすでに超《こ》えている。ひょっとすれば八十歳を超えているのかも、とさえ思わせた。

自転車前部の籠《かご》には大きな茶封筒がいくつも積まれており、坂道を押してきたために足をふらつかせながら香菜子の方へ近づいてくる。

老人は、香菜子の脇を、「失礼」と頭を下げて通り過ぎようとした。

老人の顔は香菜子に向いてはいるものの目は泳いでいるように見えた。

香菜子は、老人の自転車の籠に入っている茶封筒に、表札と同じ機敷埜と書かれていることに気づいた。同時に、思いだした。芙美の伯父はキシキノ・フーテンという名前であったことを。フーテンとは風天という字をあてるのか。

そのとき、よろけた自転車が香菜子にぶつかりそうになり、老人はあわてて体勢を立て直した。

そこで初めて香菜子の存在に気がついたように、顔を彼女に向けた。さきほど「失礼」と口にしていたのに、実はやっとこの時点になって認識できたらしい。その証拠に香菜子の顔を見て「おや」と言った。

「お嬢さん。あんたは、どこかで私に会いましたかね?」

そう機敷埜老人は、香菜子に尋ねた。

6

香菜子は反射的に、首を数回横に振った。

「おや。会ったことないのかね。初めて会ったのに、何故そんなに私の顔を見て驚いた顔になるのかね」

老人は、何を見ているのかわからない目をしているのに、初めて会った香菜子の表情一つで、そこまで洞察しようとしているのだ。

香菜子は数歩後ずさった。自転車に乗った貧相な眼鏡の老人は香菜子の様子を凝視し、首を傾げていた。自転車のスタンドを下ろし、両腕を組んで。

「すみません。私……道に迷ったようなんです。行きたいところは、もっと向こうの方かもしれません」

この場をなんとか取り繕わなければならないという思いで、やっとそれだけを絞りだすように言った。本当は、尋ねたいことが、山のようにあった。

あなたが、機敷埜さんですよね？　芙美さんの伯父さんですよね？　今、芙美さんはどこにいるんですか？　デイ・トリッパーで過去に来たとき、どこまでやっていいんですか？　何をやってはいけないのですか？　デイ・トリッパーの発明者に教えていただきたいんです。考え方を。

きれぎれに、そんな思考が渦巻いていた。

そして、何よりも知りたい問いがあった。

大介を、なんとか救う方法はないのでしょうか？

だが、それは言えない。芙美が香菜子を過去へ送り込む条件として、あるルールを告げている。デイ・トリッパーは死んだ人と会うためだけに使用が許可され、それ以外の目的で使ってはいけない、と。タイム・パラドックスを起こさないために。

本来であれば、この場所を訪れることも、ルール違反ではないのか。ましてや、機敷埜老人に質問することなど、論外の行為と言える。

機敷埜老人は、香菜子を見据えたまま尋ねた。

「住所を言ってごらん。このあたりなら、だいたいの位置はわかるから。どこへ行こうというつもりだったのかね？」

「えっ？」

機敷埜老人は、香菜子を疑ってそう尋ねたわけではない。あくまで、香菜子のためにと思ってそう言ったのだ。だが、香菜子はそんなふうに質問が来ることまでは予想していなかった。

絶句するしかなかった。とにかく、この場を離れるしかない。香菜子は、そのとき自分がどんな表情になっているのか自分ではまったく気づいていなかった。

何か答えなければ、変に思われる。何と言おう。

答えるべき言葉が見つからない。

「いえ、住所もはっきり覚えていなくて。ぼんやりと、こっちの方向だったなと思い込んでいて……、あの……あの……どうも、このあたりだった気がしたものですから」

香菜子はしどろもどろにそう答えた。そして、目を伏せようとしつつも相反して視線は老人に吸い寄せられていた。

機敷埜老人は、黙したまま香菜子を凝視していた。香菜子の反応の一つひとつを決して見逃さないといった様子で。

「あ、どうも。すみません。失礼します」

香菜子は、そう言って立ち去ろうとした。

「お待ちなさい」

老人は、踵《きびす》を返しかけた香菜子にそう言った。香菜子は金縛りにあったように足を止めた。

「今日、私は病院へ行ってきました。結果はまだわからないが、自分の身体のことは自分でもだいたい予測がつく。で、あなたはさっき私の家の中を覗き込んでいた」

機敷埜老人は何を言いだそうとしているのだろう。香菜子は胸がどきどきする。一刻も早くこの場から逃げ去りたい。老人は畳み込むように続けた。

「デイ・トリッパー。知ってますか?」

老人の口から発せられた言葉に、口から心臓が飛びだすのではないかというほど、香菜子は驚いた。もちろん、何も答えない。だが。

「そうですか。その表情だけでわかりますよ。私は、あなたの顔を知らないし、もちろんお会いしたこともない。しかし、私がデイ・トリッパーのことを尋ねてこれほど驚かれるということは、結論は一つしかない。あなたが、未来からやってきた人だということ。そうじゃありませんか?」

香菜子は、答えない。答えたら芙美との約束を破ることになるから。できるのは立ちすくむことだけだった。

「そして、私に会ったことがないというのは、あなたのいた未来では私はもう……存在していないということなんですね」

どうやって機敷埜老人は、そこまでの結論を導きだせたというのか。

　香菜子は何も答えていない。しかし、機敷埜老人は、香菜子の表情を見ただけでそこまでの結論に辿り着いていた。

その結論は、ほぼすべて当たっていた。それも香菜子にとっては驚愕《きょうがく》だった。それは機敷埜老人の知能の高さゆえとも思った。

香菜子の身体が動いた。もう、香菜子が今できることは一つしかなかった。

機敷埜老人の問いかけに答えることもなく、

「すみません。失礼します」

香菜子は駆けだした。ここに、これ以上いてはいけない。機敷埜老人と話していてはいけない。

それから、どのような道順を辿って家へ帰ったのか、よく思いだせない。

足をもつれさせながら、我を忘れて走った。

マンションに帰り着くと、香菜子はぺたりと床に腰を下ろし、動悸《どうき》が鎮まるのを待った。

息が整ってくるうち、自分への問いかけが聞こえてくるような気がした。それに、香菜子は無意識に答える。

――ええ。もう二度とあの場所には近づかないわ。行きたくて行ったんじゃありません。自然と足が向いたのよ。気がついたら、機敷埜さんの家の前にいたんだから。機敷埜さんに会ったのも偶然よ。私が望んだことではありません。

――芙美さんが私に言ったことは、すべて守っているわ。何一つ、私のことは話していないもの。機敷埜さんが言ったことは、全部あの人の想像にすぎないわ。

と自分に言い聞かせたが、機敷埜老人の問いかけは、ほぼ的《い》を射ている。それは、あの老人の頭の回転が並外れているということではないのか。香菜子は、そう思った。デイ・トリッパーを発明するほどの人物なのだ。常人と思考回路はまったく違うはずだ。何も香菜子が答えなくても、目の前で起こっていることの情報だけでシャーロック・ホームズなみの推理力を発揮して真実に近づいてしまうのだろう。

何をする気も起こらなかった。そのまま、ソファまで移動するのが精一杯だった。そしてソファに身を預けて目を閉じ、なんとか心の平安を取り戻そうと努力した。

心の平安を感じる以前に疲労感の方が勝《まさ》っていたらしい。香菜子はそのまま眠りの世界に入ってしまった。

夢の中では幸いなことに機敷埜老人は登場しなかった。代わりに、これから起こるはずのできごとが夢として現れた。

忘れもしない光景だった。死後の時間経過で肌が変色した大介が横たわっていた。何かを必死で香菜子が呼びかけるのだが、大介は微動だにしない。二度と笑いかけてはくれないのだ。

「香菜ちゃん。香菜ちゃん」

そのとき、香菜子は揺すられていた。名前を呼ばれて。

意識が戻った。あたりは暗かった。香菜子の顔を大介が覗き込んでいた。

よかった。大介が生きている。夢を見たんだ。

「どうしたの？　大丈夫かい？　〝いや！〟って、凄《すご》い声で叫んでいたんだよ」

そう大介が言ったが、まったく香菜子には覚えがない。だが、夢の中で遺体だった大介は生きている。香菜子は胸を撫《な》で下ろした。

「夢を見た。すごく怖い夢」

「どんな夢？」と大介が尋ねた。まさか、未来のことを夢に見たとは口が裂けても言えない。

ましてや、大介が死んでいたなんて。

「よくわからない。わけがわからないこと。うまく言葉にできない」

「こないだから、あまり夢見が良くないね」と大介が心配そうに香菜子の額の汗をぬぐった。

香菜子は、なんと自分は嘘をつくのが下手なのだろう、と思う。

それに、まだ頭が眠りから覚めきっていないから、ボンヤリしている。

目の前の大介は、「そうかぁ」と困ったように両腕を組んでいた。それから人差し指を突き出して香菜子の鼻の頭に触れた。そして「怖いの、怖いの、飛んでいけぇー」と叫んで人差し指を真上に放りあげる仕草をしてみせて言った。

「さぁ、もう、これで大丈夫だ。怖いものはいなくなった」

大介は、得意そうだった。香菜子は大介への愛《いと》しさが胸に溢れてたまらず、反射的に大介を抱き締めていた。「大好き！」と叫んで。

それから、心の中から、昼間の機敷埜老人のことは封印することにした。とりあえず今だけは。

まだ、大介が元気だった頃に戻れて、どれほども経っていない。今は、まず、大介との時間を大事に過ごすことを優先しよう。そして、大介が喜ぶことを考える。そのためには自分のことで大介に心配をかけないようにする。そんな考えが、大介にしがみついた香菜子の頭の中で渦巻いていた。同時に、なんとか大介を助けたい！　そう願っている自分にも、香菜子は気がついた。

「まだ、夕食の準備ができていないの。ごめんなさい。すぐに作るから」

我に返ってあわてて大介から離れる。

「ああ。いいよ。ぼくはシャワーを浴《あ》びているから。ゆっくり、あわてずに」

そう大介は言ってくれる。おおらかなのか、やさしいのかわからないが、そんな大介だから甘えすぎてはいけないと、香菜子は自分をいましめた。

「ちょっとサプライズがあるよ」

食事のときに、大介が香菜子に告げた。

「ほら、温泉に行こうと言ってた話のこと」

香菜子は、驚いた。仕事が一段落してからと言っていなかっただろうか？

「サプライズって、行けるってこと？　まだ、休めないでしょう？」

「うん。そう思っていたんだけど。ところが、所長から今日、無理にでも夏季休暇を取れと言われたんだ」

「でも急ぎの仕事が目白押しになっているんでしょう」

「そうだけれど、思いきって休まないと、次の仕事が押し寄せてきているからいつまでも休めなくなる。一瞬、どうしたものか迷ったんだけど、すぐに香菜ちゃんの顔が浮かんできた。そのときに、所長が言ってくれた。上司が休めと言ったときに休むことも仕事のうちだぞ。休暇で遅れたぶんは取り返せばいいだけだからってね」

それから、大介は八月下旬の日付を香菜子に告げた。もう、そのとき交替で夏季休暇を取る日まで決まったらしい。

「それで、香菜ちゃんは、いいかい。他に重なる予定とかはないよね」

大介は、嬉しくてたまらない様子だ。もちろん、香菜子には、不都合はなにもない。昨日のこの話題から今日への展開に、驚いているだけだ。

「うん。私は、行けるよ。もし、予定が入っていても、全部キャンセルしてでも行くわ」

香菜子は箸を持つ手を止めて、そう答えた。

「うん。じゃあ、どこへ行くのか、具体的に決めなくちゃいけないな。夏休みが終わる前だから、けっこう混んでいるかもしれない。香菜ちゃんはどこか行きたい温泉は決めていたっけ」

「まだよ。正直、私は大介が行きたいと考えている温泉に行きたいな」

「うーん。ゆっくり過ごせるとこなら、どこでもいいんだけれど。香菜ちゃんはどっちがいい？　海の温泉？　山の温泉？」

「うーん。美味しいものが食べられる温泉」

うん、わかった、と大介は笑った。宿は大介がネットで調べて予約をしてくれることになった。それがいい、と香菜子は胸を撫で下ろす。大介が行きたかった温泉宿を選んだらいい。文箱の中にあった彼の願いを、それで叶えることができるのならば、それが一番いい。

「本当は、ここに行ってみたいという宿があるんじゃないか？　よく女性向けの雑誌で素敵な温泉宿を紹介したりしているから」

もう一度、念のためというように大介が繰り返した。ひょっとしたら、自分が選んだ宿が気にいらなかったらどうしようと気にしているらしい。

「大丈夫。大介が決めた宿が、一番いい宿に決まっているから」

そう香菜子が言うと、やっと大介は、その話題について言わなくなった。幸いなことに、香菜子の頭の中で引っかかっていた機敷埜老人のことも、気にならなくなっていた。

それから、もう一度香菜子は自分に言いきかせた。

もう、絶対にカフェ「デイ・トリッパー」になる場所、機敷埜老人が住む屋敷には足を向けない、と。そうすれば、芙美との約束を破ることはないはずだ、と。

今は、まず、大介が喜ぶことだけを考えながら、日々を送っていこう。

7

大介のために弁当を作り、彼を家から送りだす。すると香菜子にとっても新たな一日が始まる。

香菜子がデイ・トリッパーで大介がいる過去へ戻ってきてから数日が経過していた。夜は大介が家にいるので、一緒に過ごすことができて香菜子には嬉しいばかりだ。しかし、大介を送りだした後の香菜子は、毎朝、空虚な気分に襲われる。

大介と過ごせる時間は永遠ではない。彼に残された時間は限られている。なのに、この貴重な時間を、なぜ、大介と離れて過ごさなければならないのかと、やるせなくなる。

できれば、仕事にも行ってほしくない。できるものならば、一日中自分と一緒に過ごしてもらいたいくらいだった。

だが、そんな願いを伝えるわけにはいかないことは、充分にわかっている。大介にその事情を告げる訳にもいかないから、香菜子の胸の中にはもやもやしたものだけが残っているのだ。

それが、朝から香菜子の態度にも表れているのだろう。いつも大介は出がけに気にしている。

「ん？　香菜ちゃん。どうしたの？　具合でも悪いのかい？」

「いいえ。大介の気のせいよ」

最初の頃はそう言っていたが、昨日と今日は気持ちを隠しきれずに「大介と離れて過ごすのが寂しいから顔に出ちゃうのよ」と言ってしまった。こんなことを口にした記憶は少なくともない。

大介は、少し戸惑《とまど》った表情で「本当かい。それは光栄だ」と告げた。だから、外へ出る大介に「冗談よ。なんともないから、心配しないで」と二日続けて安心させる言葉を言い添えたほどだ。

今朝は大介は「まだ、いい宿が見つからない。一所懸命リサーチしているから」と言い残していった。ひょっとしたら温泉が決まらないから香菜子の機嫌が悪いのかもしれない、と思われたのかしら。話題に出なかったけれどちゃんと覚えているよ、とアピールしたつもりかもしれない。

大介を送りだした後、香菜子は必死で家事に専念した。部屋中が輝きだすのではないかというほど、掃除に集中し家具も磨《みが》いた。掃除が終わると洗濯、洗濯が終わると、今日は前日から買っておいた材料で夕食の準備を始めた。大介は煮込み料理が好きなので、時間と手間をたっぷりとかけて作った。

それでも、どれほど家事に集中し、身体を動かしてみたところで、家事が一段落してソファで休憩をとると、途端に不安が襲ってくる。

そんなときも、香菜子は事務所に行っている大介のことを思うしかない。香菜子は大介が勤務する設計事務所を訪問したことはあるが、実際に大介が働いている姿を見たことはない。今、大介はどんな仕事をやっているのだろうか？　と想像する。休みを取る暇《ひま》もなさそうだ、と前に言っていたくらいだから必死で仕事に打ち込んでいるのだろう。心の中では香菜子のことなんてまったく存在していないかもしれない。仕事の手を休めたときに、ふっと自分のことを思いだしてくれるだろうか？　もし、そうなら、それでいいのだが。いや、男の人というのは、そんなものではないだろうか。だから、毎日、仕事を終えたら寄り道せずに決まった時間に帰ってきてくれるのではないか。

そう考えると、そわそわした。

壁の時計を見た。

まだ午前中だ。溜息が出そうになった。まるで自分は子どものようだと。

そのとき、香菜子には、ふっと思い浮かんだことがあった。

——あの文箱に、未来の大介は願いを書き込むのだろうか？

そんな疑問だ。

大介が病床《びょうしょう》についてから、大介がメモ用紙を欲しがったから香菜子は病室の大介のために文箱を買い求め、真っさらなメモ用紙を納めて置いたのだった。

だから、今はまだ文箱を大介は持っていない。

香菜子が見た大介のメモ、〈香菜子と温泉宿でゆっくり過ごしたい〉は、だから、まだ書かれているはずはない。

だが、これで温泉行きが実行されたら、大介の願いは一つ叶ったということになるのではないか？　だとすれば文箱のメモの中の温泉宿の願いは書かれないことになるのではないだろうか？

それはそれで素晴らしいことだ。正体不明の病にかかる運命も少しは変化させられるのではないだろうか？

そのときメモ用紙は何枚か書かれていた。はっきりと記憶にあるのは、二人で温泉宿で過ごしたいというメモだけだ。他のメモにも目を通した覚えがある。だが、なぜか、そのメモに何と書かれていたか思いだせない。なぜ思いだせないのだろう。文箱のことから、思いだせない文箱のメモのことに連想が広がっていく。そうすると、どうしてもメモの内容のことをなんとか思いだそうと試みている。どうしても思いだせない。すっぽり抜け落ちているのだ。

たいした内容ではなかったから記憶できなかったのか？　目を通して覚えていないというのは、そういうことではないのか？

香菜子には大したことではなかったかもしれないが、大介にとっては重要なことではなかったのか？　そんな可能性もある。

もう一度、確認したい。

そんな考えが浮かぶと、欲求が抑えられなくなった。

とりあえず夕方までは時間が空くのだ。

香菜子は、未来であったことを思いだした。

病床にあった大介がメモを書きたいからと言いだしたときのこと。

家を出ると、バスに乗って、市内中央部にあるデパートを目指す。

あのときがそうだった。ベッドに横たわった大介に頼まれ、メモに必要な事務用品を揃えるために病院から街へ出かけたとき。

やはり、このデパートへ足を運んだ。

売場は記憶どおりの場所にあった。そして記憶どおりの品が並んでいた。

文箱があった。

これを買ったのだ。メモ用紙とボールペンも一緒に。

文箱に手を伸ばす。

そして、香菜子は自分がどのような連想をしたのかということに気がついた。

この文箱を買って帰れば、また大介がメモを記して中に入れてくれるのではないかと思ったのだ。だが、今、香菜子は気がついている。

大介は、あのとき病ですべての自由を奪われていた。だからこそ、そのときの想いをメモに残したいと考えたのだ。身体が回復したらやりたいこと。ちょっとした疑問。これまで言葉にしたことがなかった願い。

そんな諸々が噴出したに違いない。

今、これを買い求め持ち帰ったとしても、メモを必要としたときの大介の閉塞的《へいそくてき》な状況と今の大介のメンタルは根本的に違うのだ。

メモ用紙や文箱を贈ったところで、大介がメモを記し文箱に残す確率は限りなくゼロに近いだろう。文箱を見て「なに、それ？」と首をひねるのが関の山だと香菜子には思えた。

でも、懐かしい。彼女は文箱を見る。これを後の自分は買い求めることになるのだ。大介の願いを叶えるために。

もしや、という気持ちになり、香菜子は文箱を開けてみる。

何も入っていない。

それが当然だ。まだ、何も悲劇は始まっていない。香菜子は文箱を元の場所に置いた。

数日間は、香菜子は、静かに暮らすことに専念した。

機敷埜風天との予期せぬ出会い、そしてデパートで探した、未来で香菜子に買い求められることになる文箱との再会。そのいずれもが香菜子にとって気分を落ち込ませるできごとになってしまったのだ。

結果的に、行かなければよかったという悔いだけが残っている。そうすると、芙美との約束がよみがえってくる。

亡くなった人と会うこと以外の目的を持ってはならない、と。バタフライ・エフェクトを引き起こすから、と。

これまでは、慎重に行動してきたつもりだ。機敷埜風天と会ってしまったことも文箱のことも。タイム・パラドックスを発生させる意図など香菜子には毛頭ない。しかし、この気持ちの落ち込みは、過去に覚えのない行動をした結果ではないか。であるのならば、今、やるべきことは、いかに大介と一緒の時間を悔いなく過ごすかに意識を集中することだ。

温泉に行く予定も大介は決めてくれた。どんな宿なのかは大介が予約したのでわからない。大介が言おうとするのを「当日まで言わなくていいから。サプライズにして！」と言ったのは香菜子の方だ。

香菜子は、それを楽しみに日々を過ごそうと考えた。そうすれば、芙美との約束にそむくことにはならないのではないか、と。

朝は、大介より一時間早く五時半に起きて、朝食と弁当を準備した。

「毎日、弁当を用意してくれるのはとても嬉しいけれど、香菜ちゃんの負担にならないかな。作らない曜日を決めて手を抜いてもいいよ。そのときは外食するから」と大介は言ってくれた。そんなとき香菜子は大介のやさしさを実感する。

朝食は、必ず一緒に食べた。そして、できるだけ大介と言葉を交わした。話の中味はなんでもよかった。その日の天気がどうなりそう、だとか、近所で気がついた季節の変化についてでも充分だった。秋の七草って言える？　とか。それが気持ちを通わせあう大事な時間だと思ったからだ。

以前はどうだったろう。寝坊して、出勤しようとする大介に弁当を渡すのがやっとだったり、大介が食事をしているときにゴミを外に出しに行っていたりすることもあった。しかし、今は二人で過ごす時間がどれほど貴重なのかを知っている。昔は、それを知らなかったのだ。当たり前の時間だとばかり思っていた。限りあるものだと考えていなかった。

明日が来て、そのまた明日が来て、ずっと永遠に続くと思っていたからだ。

だけど、今はそうではないことを知っている。だから悔いのないように過ごしているつもりだ。

一日の予定を大介はこの朝の時間に話してくれるようにもなった。香菜子は、ウン、ウンとにこにこしながら頷くことにしている。専門的な用語があるから内容は正確にはわからないが、それでも大介が一所懸命に話してくれようとする様子が好きだ。それで自分のいない世界で大介が一日どのように過ごしているのか、わかったような気になれる。時々理解できないときに、質問する代わりに、空想の翼を広げてぼんやりしている自分に気がついたりもした。それは、こんな空想だ。自分が身代わりになって大介を救うことができたら。それで、自分が大介を置いて逝《い》ってしまったとしたならば。

それでもいいじゃないか。大介が助かってくれるなら、それでいい。

そうしたら、大介は毎朝、香菜子の位牌《いはい》の前に座ってその日の予定をお経《きょう》の代わりに言ってくれる。

そうだったら、どれほど素晴らしいだろうかと。

話し続ける大介に、香菜子は我に返る。

テレビはつけない。大介との会話に集中したかったから。

そして、もう一つ理由がある。

この時間帯のテレビはニュースが多い。

一度、失敗したことがある。

アフリカでのエボラ出血熱の流行が報じられていた。感染の拡大が続いていて、テレビではその病の恐ろしさを伝えていた。完全な治療法は不明のままだ。

「どのくらいこの病気は広がるんだろうね。日本で発生したらパニックになるかもしれないな」

テレビを見ていた大介が不安そうに言った。

「念のために香菜ちゃんも外出したら、帰ってすぐにうがいと手洗いね」

香菜子は何の気なしに、うっかり答えた。「大丈夫。日本には入ってこないから。それよりもＭＥＲＳ《マーズ》というのが韓国で流行《はや》ったりするのよ」

大介はきょとんとした顔で香菜子を見た。しまったと思った。次の日からテレビをつけるのはやめた。

香菜子は、そんな朝の儀式を終えて、大介を玄関まで送る。そしてそのまま出ていこうとする大介に「ねえ、忘れもの」。

肩をすくめて振り返る大介は、忘れものが何なのかをちゃんと知っている。

香菜子が唇を尖らせてみせると、大介はそこに軽くキスして照れくさそうに苦笑いを浮かべ、ドアを開ける。

「気持ちがこもってなかったよ。マイナス五点」

「あはは。行ってくるよ。帰ってからマイナスは補《おぎな》うから」

一人残った香菜子は、食卓の椅子にぺたりと腰かけ、大きく伸びをした。

これから夕方まで、また大介がいない世界で過ごさなくてはならないという脱力感に襲われたからだ。

しばらくぼんやりした後、やっと立ち上がり、朝食の後片付けと掃除洗濯をすませた。九時過ぎには、すべての家事を終えたことになる。ソファに座ってしまうと、そのまま夕方を迎えそうな気がして部屋の中をゆっくり歩く。大介の本棚が目に留まる。大介の愛読書だ。思わず手が伸びていた。

大介の本棚から、未読だった文庫本を選び読み始めた。静かに暮らすのであれば読書だろうと、適当に選んだ本だ。

大介が亡くなった後は、とても本を読む余裕はなく、いつか読みたいと思ったものの手に取ることもなかった。またいつか本を読んでみようという気持ちを取り戻すことができるだろうか？

そう思ったのを覚えている。

香菜子が本を読むときは、たいていエッセイが多い。ところが、大介が読んでいるのは翻訳もののSFやミステリーが多い。そういった本は自分は苦手だという思い込みがあった。

書かれている情景が、うまくイメージできない。登場人物がカタカナで、なかなか馴染めない。

大介は、根っからそんな本に抵抗がないようで、不思議だ、と香菜子は思っていた。

香菜子が選んだのはミステリーだ。最初にSFを手にしてみたのだが、裏表紙に書かれた「〈恨界〉と呼ばれるヴァーチャルワールドに潜んでいた異形軍団が、新たに確立された数式理論・混沌集束仮説を用いたコンピューターを介して世界中に同時侵略を開始しようとしていた……」という内容紹介を読んだ途端に読む気が失《う》せてしまった。だから、ミステリーにしてみた。裏表紙の紹介は読まずに、最初から本文に入った。今度は、いけるかもしれない、と思った。一人称の、わたしで始まるからだ。ひたすら集中して読み始めた。三ページまで読み、すぐに殺人とおぼしき不審死をとげた人物が現れた。それも、主人公である〝わたし〟の庭でのことだった。すぐに警察に通報すると、巡査と刑事が現れ、わたしの妻はパニックを起こし、わたしの同居している父は警察の対応に怒り狂い、わた

し の娘は黙って家を抜けだし夜遊び中ということが判明した。近所の粉挽《こなひ》きババアまで野次馬で現れて、すでにカタカナの名前が六名もならんで、香菜子の頭の中はパンクしそうになっていた。それでも必死に集中して読み続けていたが七ページに至り、自分がそのとき他のことを考えていることに気がついた。それまでの物語の流れがまったく摑めていない。四ページまで遡《さかのぼ》って読みなおそうか、と思ったが、それも無駄なことのような気がして、本を棚に戻してしまった。

大介の読書傾向と自分の読書傾向は根本的に違うのだ、と実感した。

テレビもつける気になれなかった。

外は陽が射している。晩夏だが、これから気温は急上昇していくだろう。外が過ごしやすいのはこの時間までだろうな。香菜子はそう思った。

このタイミングを逃《のが》せば、残りの時間はクーラーをきかせたこの部屋でずっと過ごさなくてはならないだろうな、と思う。とすれば今のうちに外の空気を吸っておくべきではないか。

そんな結論に達してからの香菜子の行動は速かった。すばやく髪を整え、日焼け止めだけを塗ると帽子をかぶり、サンダルをつっかけただけでエレベーターに飛び乗った。

香菜子たちが住んでいるマンションは棟が三つあり、三角形をなすように建てられていた。そして、三つの棟に囲まれた空間が中庭《パティオ》になっていた。ベンチが六つ。そして花壇、小さな砂場と噴水のついた水場があった。季節によっては、風がここで渦巻いたりもするのだが、この日は穏やかだろうと香菜子は思ったのだ。どの時間もいずれかの棟が日陰を作ってくれるから直射日光を浴びる心配はなかった。おかげで風も涼しく感じられる。

暑くなるまで、香菜子はここで時間を潰そうと思った。

このパティオをマンションの住民があまり利用していることはないというのが香菜子の印象だった。マンションの住民は自分の部屋と棟の外側にある立体駐車場は利用してもパティオまでは足を伸ばさないようだった。

パティオに出て、香菜子は大きく二度深呼吸をした。やはり、パティオは無人だった。柳の木がシンボルツリーとして植えられている。その近くのベンチに香菜子は腰を下ろした。

部屋の中にいては味わうことのできない柔らかな風が香菜子の頰を撫でていく。香菜子はさっきページを閉じた文庫本を持ってこなかったことを少し後悔していた。この涼し気な環境でならば、気分も変わってさっきの続きを読んでみようという気になれたかもしれない、と。

だからといって心地よい風にあたっていると、わざわざ部屋に本を取りに戻る気にはなれなかった。

8

風を受けて、ぼんやりとしていた。久々に頭の中を空っぽにすることができた気がした。

目を閉じていた。早く夕方になあれ。そう無意識に呟《つぶや》いていることに気がつく。

そのまま、どれだけの時を過ごしたのだろうか？　長い時間だったような気もするし、
ぼんやりしていたのは数分間だけだったのかもしれない。

はしゃいだ声が耳に届いた。

香菜子は、はっと我に返り目を開けた。

誰だろう？

大きな麦藁《むぎわら》帽子をかぶり、ピンクの半袖シャツを着たよちよち歩きの幼児の声だった。

歩き始めてどれだけも経たないのだろう。その手を引いている子は三歳か四歳くらい。

「あわてたら、こてんしますよ。ゆっくりだよ。あっちゃん。ゆっくりだよ」

姉妹だな、と香菜子は思って身を起こした。

こんな幼い二人だけで大丈夫なのだろうか、と香菜子は心配になって腰を浮かせかけた。

親はどこにいるのだろう。

あまりにも無責任ではないか。もし、事故でも起こったらどうするのだろう。それとも、いつもこの姉妹は、こんなふうにパティオで遊んでいるというのか？

姉の方が、香菜子の方を向いて頭を下げて「おはようございます」と礼儀正しく挨拶《あいさつ》をした。ということは、ちゃんとした躾《しつけ》がされている家庭の子かもしれないな、と思う。

挨拶を予期していなかったから、香菜子は虚を衝かれたような気持ちになった。だから、あわててぎこちなく「お、おはよう」と返すのが精一杯だった。

姉の方は立ち止まって目を細め、笑顔を見せた。そして「お姉さん、ここの人？」と尋ねてきた。まさか、この幼い子にお姉さんだなんて呼ばれるとは。

「私は、ここに住んでいるの。お姉さんだなんて恥ずかしいわ」

「じゃあ、なんて言えばいいの？　私はゆいなというのよ。だからゆーちゃん。あっちゃんはあいなだからあっちゃんなのよ」

ゆーちゃんは、はきはきとそう告げた。それから、香菜子が自分の名前を告げるのを待っている。

「あっ。私は香菜子というのよ。だから、香菜ちゃんかな」

そう答えた。いつも、大介は香菜子のことを香菜ちゃんと呼ぶ。だから、そんな呼び名がスムーズに出てきた。

「じゃ、香菜ちゃんでいいの？」

「ええ。それでいいわ」

ゆーちゃんは香菜子の答えに納得したようだ。ゆーちゃんは、頷いて言った。

「本当はね。パパもママも知らない人とは話してはいけないって言ってるの。でもね、香菜ちゃんは悪い人じゃないってすぐにわかったよ。だからお名前きいたんだ。香菜ちゃんは、お友だちがいないの？　ひとりぼっちだったから」

そんなふうに子どもの目からは見えるのだろうか。

「お友だちはいるわよ。この近くにはいないけれど」

「そうか。じゃあ、私がお友だちになってあげようか？」

ゆーちゃんは、けっこう積極的な子のようだなと思う。自分の幼い頃がどうだったのかは記憶していないが、この頃から何度も性格は変わっていったのかもしれない。自分も、幼い頃は人見知りなどしなかったのかもしれない。しかし、小学校の頃になると、積極的に男子と話すことはしなくなった。ゆーちゃんの性格も、これから変わっていくのかもしれない。どんな子になるのだろう。

「ありがとう」と香菜子が答えるとゆーちゃんは右手の小指を差しだしてきた。「約束よー」と。指切りげんまんということのようだった。

そのときあらためて香菜子は二人の女の子を可愛いと思った。二人とも帽子の下は、おかっぱの髪。そしてくるくる動く大きな瞳。

妹のあっちゃんがゆーちゃんの手を引っ張る。「ねーたん。ねーたん」と。どうも、砂場へ行きたいらしい。

「わかった。あっちゃん、行くよ」とゆーちゃんが妹をあやす。

「ねえ。ここで二人だけで遊ぶの？　ママはいないの？」思わず、そう尋ねた。

「パパとママはお仕事。ばあばが一緒だよ。もうすぐ来るよ」

ゆーちゃんがそう答えると同時だった。幼い姉妹が現れた棟から、身体の小さな老女がぱたぱたと出てきた。

「やあ、やっと追いつけた。ゆーちゃんもあっちゃんも足が速いんだから。もう、ばあばは息がはあはあ言っているよ」

そんな老女にゆーちゃんは「ばあばが足遅いからだよ。ゆーちゃんはふつーだよ」と口を尖らせてみせる。それから「ゆーちゃんがあっちゃんと遊んであげるから、ばあば休んでて」と妹がしゃがみ込んでいる砂場へと駆けていった。

老女は、香菜子の存在に気がつき「こんにちは。お隣いいですか？」とベンチに腰を下ろした。香菜子はその老女とは初めて顔を合わせる。

「こちらのマンションにお住まいですか?」と老女の方から尋ねてきた。

「え、ええ。お子さん、お孫さんたちですか」と香菜子も尋ねる。

「ええ。そうです。息子夫婦が共働きで、昼は私が孫たちの世話をしているんです」

この近くに保育園があるのだが、入園できずに空き待ちをしているという。「別に保育園に入らなくても、私はいいんですよ。私も、孫たちと一緒にいられて楽しいし」

このマンションで暮らすようになって、四カ月だと老女は言った。

「それまで田舎の方にいたんです。三年前に主人が亡くなりましてね。それで一人暮らししていたんですが、息子が一緒に暮らそうと言ってくれてね。それで、息子に甘えてこちらに来たんですよ」

老女の夫は十年前に倒れて七年間闘病していたのだと香菜子が尋ねもしないのに言った。麻痺《まひ》があって、言葉もうまく話せなかったらしい。息子は長い看病を続けてきた自分に「父さんは寿命だったんだよ。母さん、よく頑張ったよ」と言ってくれたけれど、決して寿命だったとは思わないと言った。それから一人暮らしになったけれど、お父さんがいない自分は淋しくて淋しくて、と。その気持ちは、香菜子にも痛いほどわかる。デイ・トリッパーに乗ってこちらに来るまでは、自分も同様だったのだから。

「どんなに身体が言うこと聞かなくなっても、どんなに面倒かけられても生きていてくれるだけでいい、と思いましたよ。一人で、家にいると、ふっと横にお父さんがいるような気になることがあるんですよ。でも、そんなはずはない。お父さんはいないんだってわかると、もうどんなに悲しい気持ちになるか」

香菜子はそれを聞いて自分の身と照らしあわせた。大介と死に別れたのが若いうちだったせいで、これほど悲しいのか、と考えたこともある。年齢を重ねてからであればひょっとしたら悲しみは少なくなるのではないか？　と。しかし、この老女の話では、そうではないようだ。年齢を重ねるというのは関係ないと知る。どんなに老いても愛し合った相手を失う悲しみに変わりはない。自分だったら、よりたくさんの思い出を大介と共有することで、より悲しみを増幅させることになるのではないか、という気がしてならなかった。

それでも、この老女は最愛の伴侶を喪失した悲しみから立ち直っているように見える。どのようにしたのだろう。三年という月日が流れたことで悲しみが癒《いや》されたのだろうか？

「もう悲しみを克服《こくふく》なさったのですか？」

香菜子が問いかけると、老女は首を大きく横に振った。

「悲しみがなくなるということはありませんよ。でも、お父さんのいいところばかりを最近は思いだせるようになってきたのよ」

そういうものか、と香菜子は思い、頷いた。

「あらあら、不思議ね。初めてお会いしたあなたに、こんな辛気臭《しんきくさ》い話ばかりしてしまって。ごめんなさいね」

「いいえ。いいんです。すてきな旦那さんだったんですね」

「そうなの？　あなたは聞き上手でいらっしゃるのねえ。だから、普段は口にしないことをべらべらとお喋りしてしまったのかもねえ」

ひょっとしたら老女は、香菜子に夫を亡くしたという自分との共通点を見抜いてしまったのかもしれない。そんなことを、ぼんやり想像してしまった。

「でもね。お父さんが逝ってしまって、ああよかったと思うことが一つだけあるの」

香菜子は、自分の耳を疑った。

「お父さんが逝ってしまって、ああよかったと思うこと」そんなことは少なくとも香菜子にはなかった。愛する伴侶を亡くして、何が〝よかった〟なのか。

「一つだけよかったこと……なんですか、それ？」

香菜子が問い返すと老女は、小さく笑った。

「いやね、私ったら言い方が悪かったかしら。私には子どもが三人いるんです。あの二人は、長男の子」

そして、目の前で無心に遊んでいる子どもたちを手で示してみせた。

「子どもたちを育てているときは、大変だった思い出しかないんですよ。すぐに泣きだすし、一瞬も目は離せないし、すぐ熱を出すし。成長するにつれて、学校のことやら悪さしたやら、次から次へと問題を引き起こす。高校までやんちゃばかりだったから気が鎮まることがなかったんですよ。子どもたちのことで頭を下げてまわることばかり。何で、子どもなんて産んだんだろうと思ってお父さんに愚痴《ぐち》ばかり言ってましたねえ。早く育ってくれればいい。独り立ちしてくれればいい。そう願って日々を過ごしてたんですよ。早くお父さんとゆっくりのんびり老後を過ごしたいってね。お父さんが定年になる頃ですよ。子どもたちに何の心配もいらなくなったと思えるようになったのは。子どもたちは、それぞれ結婚して、お父さんと二人きりになって、お父さんが定年を迎えて、ようやく、さあゆっくりできる、というときにお父さんが倒れてしまったんですよ」

つらかったのだろうな、と香菜子は想像する。それからの長期の介護。そして伴侶の死。

「今は、どの子たちも見違えるようになりましたよ。特に一緒に暮らしている長男なんか、本当に、これが私にあれほど心配をかけたあの子と同じなのだろうか、と思いますよ。それから……」

老女はそこで言葉を区切り、また二人の幼い姉妹を見やる。

「息子は、こんな素晴らしい孫を私に授けてくれましたよ。今度は、子どもたちを育てるときのように、あくせくしなくていい。もう、この子たちを可愛がればいい。孫たちも、私のことを、ばあばと呼んで慕《した》ってくれるんですから。これが、ああよかったと思うことなんですよ」

どうだ、というように、そのときの老女はいかにも得意そうに香菜子には見えた。

「子どもたちがいてくれたから。お父さんが私に子どもたちを残してくれたから、よかったんだって思うんです。だから、今の私は孫たちと楽しく過ごせているんです。そりゃあ、お父さんがいないのは淋しいけれど、孫たちがいるから、お父さんがいなくてもなんとか我慢できる。そう思えるようになったんですよ」

香菜子は、言葉の挟《はさ》みようがなかった。そうなのか、と思い頷くしかない。自分の何倍も人生の経験を積んでいるはずの人の言葉なのだ。そう考えていた。

「気づいたら、お父さんのことをまったく忘れている瞬間もあったりするんですよ。忘れている、というのは、愛した大事な人を失った悲しみを乗り越えたということでもありますからね。ずっと、じゃありません。そんな瞬間があったりする心の余裕ができたからとも思いますよ」

そこで、老女の話は終わった。上の子が老女の手を引きに来たからだ。

「ばあばも一緒に遊んで。大人の人との話ばかりして、つまんないでしょ」

「あっちゃん、楽しそうに砂遊びやってるじゃない」

「あっちゃんは、もーすぐ退屈するって、わかってる。ゆーちゃんも、ばあばが一緒に遊んでくれた方が楽しいから」

老女は、そう言われて香菜子に首をすくめてみせたが、あくまで表情は満足気で嬉しそうだった。

自分が孫たちから、こんなにも必要とされている、ということなのか？

「じゃあ、孫たちのお相手をしてきますから。失礼しますよ。また、お会いしましょうね」

そう言って、老女は立ち上がった。香菜子も、「こちらこそ。よろしくお願いします」と会釈《えしゃく》して老女を見送った。

しばらく、香菜子は、老女と子どもたちの様子を眺めていた。もう、老女も子どもたちも香菜子の存在さえ忘れ去ってしまったかのように、屈託《くったく》のない笑い声をあげていた。

香菜子は、その様子に少しずつ気分が癒されていくのがわかった。老女は、なんと楽しそうなのだろう。

それからゆっくり立ち上がって、香菜子は老女の方に一礼して、パティオを後にした。

老女は、香菜子が立ち去ろうとしていることに気がついた様子はなかった。

香菜子は、まっすぐに部屋へと帰った。少し、身体が汗ばみ始めていた。クーラーのきいた部屋へ戻りたい。と、同時に何かに自分は気づこうとしているとも思っていた。もう少しだ。

結論に至るには。

そのためには、誰にも会わずに一人きりで考える時間が必要だ。

部屋に入る。ソファに腰を下ろす。心には老女や幼い姉妹のことが残像のように焼きついていた。

エアコンのスイッチを入れる。冷たい風が首筋に触れる。

そのとき、無意識に香菜子は呟いていた。

「もしも、私も子どもがいたら、大介がいなくても、少しは淋しさが軽減されるのかしら」。それは、あてのない自分への問いかけだった。

未来の……大介が逝った後の自分はひとりぼっちだった。

何故、子どもを作らなかったのだろう。大介とそのことについて深く話し合ったという記憶はなかった。

話題が出なかったわけではない。大介から、尋ねられたことがある。結婚直前のことだった。

「子どもは、どうする？」

そんな大雑把な尋ね方だった。香菜子も、それほど真剣に受け止めていなかったかもしれない。赤ちゃんは天からの授かりものだから。その頃、周囲のそんな言葉を何度耳にしたことか。

それから、もう一つ。

大好きな大介との生活に入ることが嬉しくてならなかったのだ。赤ちゃんが生まれたら、大介との二人の時間がなくなってしまう。すべてが赤ちゃん中心に動くことになるのには抵抗があった。そして、赤ちゃんに振り回されてノイローゼになりかけたり、まったく自分たちの時間が持てなくなる。そんな話も耳に入ってきた。もし、本当ならば、もうしばらくは大介との二人っきりの時間を楽しんだ後でもいいのではないか？　そんな気持ちも、心の隅にあったのは事実だ。

いずれにしても、結婚生活に慣れた頃に、あらためて家族計画を考えるべきではないか、と思った。

だから、大介が尋ねてきたときは、とっさに「もうちょっと待ってから。数年後でも遅くはないかも」

そう答えた。香菜子の答えに大介はそれ以上深く問いかけてくることはしなかった。じゃあ、一年後くらい後に子どものことは考えるか、とか、何人くらい子どもがいたらいいと思う？　とか、そんな大介の言葉も覚悟はしていたのだが。それに続く言葉は、一切なかった。それから家族計画については話題に出ることもなく、お互いに「子どもは数年後に作る」がぼんやりとした暗黙の了解となってしまっていたのだった。

けれども突然の大介の発病、そして死。子どもに恵《めぐ》まれる機会は永遠に失われることになった。

もし、大介との間に子どもがいたら……。大介がいなくなった世界で自分はどうしていたろう。そんな可能性をぼんやり思い巡らせてみる。

経済的にも母一人子一人で追いつめられることになったのではないか？　そんなことも考える。親しくない遠い親戚から、二人の間に子どもがいないのは幸いだった、また人生をやりなおせる、と初七日の頃に言われたことがあった。悪意はなかったのかもしれないが、あまりにも無神経な言葉にさすがに香菜子は返事をしなかった。しかし、そのような考え方をする人も世の中にはいるのだ、ということを知った。

経済的に追い詰められることはなかった。結婚前から大介は充分な保障額の生命保険に加入していたからだ。そのことは、大介が元気なときから聞いてはいたが、気にも留めてはいなかった。聞いても、なにか別の世界のことを大介が話している、といった程度の印象しかなかった。すべては、そんなものなのかもしれない。

もし、大介が生命保険に入っていなかったとしても、それはそれでかまわなかっただろう。ましてや大介の子が一緒に残されていたとしたら、なんとか自分の力で育て上げようとしただろう。

そう。私は立派に大介の子を育ててあげてみせる。その子には、いかにお父さんが素晴らしい人だったかを教えてあげることにしよう。

そう考えて、香菜子は、ふっと我に返った。

今の自分は、大介の子どもを作ることができるのではないか、と。

そうすれば、大介が逝った後も私には大介と愛し合ったという証拠が残るではないか。

そうすれば、大介がいなくなった後も悲しんでいる余裕もないはずだ。自分は必死で、その子に愛情を注ぎ育ててあげる。

そして、自分自身も生きていく張りを感じられるのではないだろうか。

未来の自分には子どもがいない。もし、今、大介の子を宿したとしたら……。そこで、香菜子はふっと気がついた。

それは、自分にとっての未来が変わるということではないのか？

そう考えると、急に胸がどきどきし始めるのがわかった。

デイ・トリッパーに乗る前の過去では存在しなかったできごとが積み重なっていけば……。

大介が行けなかった温泉に行って、大介の願いを叶えること。存在しなかった過去だ。そして自分が大介の子を宿したら。それこそ運命が大きく変化するできごとと言える。

そこまで、想像を広げたとき、それだけにとどまらず、とんでもない期待まで抱《いだ》いてしまっていることに気がついた。

そこまで、運命が変更できたら、大介の死という最悪の運命も変わるのではないか？

そうだ。大介が病に侵《おか》される。それも、わけのわからない聞いたこともない病に。ある日、突然に体調が変化した。まるで、事故にでもあったかのような亡くなり方だった。いや、まるで雷にでも打たれたかのように。

温泉に行くことも子どもを授かることも、ないままに。

しかし、これからの時間はデイ・トリッパーに乗る前の過去とは大幅に変わるはずだ。些細《ささい》な変化は誰も気づかぬはずだ。温泉へ行くとか。もし、子どもを授かるとすれば、少し大きな変化か。笠陣芙美は怒るかもしれない……しかし、作為《さくい》ではない、と咎《とが》められたら言おう。悔いない時間を送ろうとしただけだ、と。他意はない。

少しずつ変化が起こったら、その変化が拡大していって……。芙美さんはなんと言ったっけ。蝶々の羽ばたきが、小さな変化の積み重ねで地球の裏側で嵐を引き起こす……バタフライ・エフェクトと言っていた。

もし、それが本当なら、過去の小さなできごとの変化の積み重ねで、大介が元気なままでいてくれる未来という状況も生まれるかもしれないではないか。

そう考えた瞬間、香菜子の頭の中で眩《まばゆ》いばかりの電灯がついたような気分になっていた。気になるのは芙美と交わした約束に触れはしないかということだ。芙美が口にしたことがいくつも思いだされる。

亡くなった人と会うために、デイ・トリッパーを使うこと。そう。大介と過ごすことが私の目的だ。ついでに、温泉に行くのは仕方ないことではないか。

死期についても、大介に話してはいけない。その言葉は、これからも守るつもりでいる。

そう、自分に言い聞かせると、ずいぶん気持ちが楽になった。厳密に判定すれば、香菜子が考えていることは、いずれも自分に都合のよい解釈ばかりなのだが。もともと、香菜子は自分では気がついていないが、そんな考え方のできる性格なのだ。しかしながら、大切なものを失《な》くしたときは絶望の悪循環に陥《おちい》ってしまい立ち直れなくなってしまう。大介が逝ってしまってからの喪失状態がまさにそれだった。しかし今は、そんな喪失状態からは遠い。しかも、香菜子にとっては希望に繋がる発想なのだ。自分が思いついた発想に欠点があったとしても、どんな論理の矛盾があるかということまでは深く考えない。そんな発想に辿り着けた香菜子は、そのことだけで充分に満足だった。

「よかった」と思わず口にしてしまったほどだ。まだ、何の裏づけもないというのに。それでも、香菜子の心の隅にあった不安感を消す効果があったようだ。

自分でも気がつかないうちに、ソファの上にへたり込むように眠り込んでしまっていた。クーラーをつけていたという心地よさもあったかもしれないが、それでも、はっと目を覚ましたのが、午後四時を回っていたのは、完全に熟睡していたということだろう。泥のように、夢も見ないで眠るというのは珍しいことだ。

買い物にも行っていない。夕食の献立も何も考えていなかったことに気がついた。あわてて冷蔵庫を確認した。野菜サラダ、オムレツ、麩とアオサの味噌汁、ハタハタの一夜干し。冷蔵庫の中にあるものだけで、何か準備できそうだ、という結論になり胸を撫で下ろした。

夕食の準備をしながら、買い物にも行かなかったことを心の中で謝っていた。だが一所懸命に作ることで、それは償《つぐな》えるはずだ。心のこもった美味しいものを大介にはご馳走《ちそう》できると。

その日も、大介はいつもの時間に帰宅した。

食卓について、二人はビールを注ぎ合って「お疲れさまでした」「いただきます」で最初の一杯を飲み干す。それから、まず大介はオムレツに箸をつけた。

「うん。おいしい」と頷く。香菜子のオムレツはたまねぎとひき肉の入ったマッシュポテトを半熟の玉子で包み込んだものだ。香菜子なりに、工夫して作ったものだけに、大介に褒められると、嬉しくて仕方がない。

「おいしいと言ってくれて、ありがとう」と素直に礼を言う。

「いや、本当においしいから」

「そう？」

すると、大介は箸を止めた。それから、じっと香菜子の顔を覗き込んだ。

「どうしたの？」と大介が尋ねてきた。逆に香菜子の方が焦ってしまう。

何か、変なことを言ってしまったのだろうか？　自分が言うべきではない未来のことを何か口にしたのだろうか？

「いや。気のせいか、わからないけれど、今日は、香菜ちゃん、何かいいことがあったの？」

「えっ。どうして？」

予想外なことを大介が言う。何故なのだろう。

「いや。さっきから、話していて思うんだけれど、出がけに話したときよりも、何だか、すっきりした印象なんだよ。何か、いいことがあったのかな、と。宝くじが当たった！とか」

香菜子は、そう思われた理由をあわてて考えてみる。さっきまで、昼寝で熟睡していたから、すっきりしたということなのか？　いや。午睡の前に考えたこと。

ひょっとして、大介の不幸を止められるのではないか、という可能性を思いついたこと。

「宝くじは当たっていないわ」と答えた。

「それは残念」

「そんなに、すっきりしてるように見えるの？」

「ああ……」

すかさず、香菜子は大介のコップにビールを注ぎ足す。

「毎日、大介の顔を見られることに感謝しているの」

以前だったら、照れて口にできなかったかもと思いつつ、正直に伝える。大介の方が照れくさそうに、ぼりぼりと首を掻く。

「そうなんだ。でも、ホントにいい顔になっていたな、と思ったから。あ、いや。今も、その、いい顔、続いているよ」

大介と一緒にいられて本当に良かった、と香菜子は思った。そして、どのタイミングで話題にしようかと思っていたことが、素直に言葉になって出た。

「ねえ。大介。ちょっと、尋ねておきたいことがあるけれど、いいかな？」

そう香菜子が言うと、大介は、コップを置き、背筋を伸ばした。笑い顔が急に真顔に変化した。香菜子の目を凝視する。

「はい。なんだろう」

それが、大介の真面目なところなのだ。そう構えられると、話しづらくなってしまう。

「ほら、私たちが結婚する前に話していたこと、覚えている？」

「いろんな話をしたからなあ。どんな話をしたっけ？　あっ、ごめん。だいたいは覚えているつもりだよ。なんか、約束したままで、果たしていないことがあるのかな？　それとも、ぼくが、なにか契約違反をやったとか？　思い当たらないんだけれど」

逆に、そう問い返されて香菜子のほうがあわててしまった。

「そんなことじゃなくて。大介は、何も約束を破ったりしていないわ。尋ねておきたいことがあっただけ」

大介の肩が劇的に、すとんと落ちた。安心したのだろう。

「尋ねたいって？　何を？」

「ほら、私たち、子どもをいつ頃作ろうかって、話をしたじゃない。それで、数年は子どもはいらないよね、ってなったじゃない」

そう言いながら、香菜子は喉《のど》がカラカラに渇《かわ》いていくのがわかった。大介は口を挟まずに頷きながら聞いている。

「ああ。覚えている。その話のこと」

少し不安げな表情で大介が問いかけてきた。

「急に、どうしたの？　子どもが欲しくなったの？　なにか、気になることがあったの？」

まさか、子どもを作って自分と大介の運命を変えたい、と言うわけにもいかないし、と思う。昔から、香菜子は嘘をつくのは苦手だし、とっさの言い訳も慣れていないのだ。

「いや、ちょっと思いだしたの。大介はなんと言っていたっけと思って」

「思いだしただけ？　もしかして、誰かと話したの？　どこかに出かけた？」

「今日？　どこも行かなかった。でも、午前中は、パティオのベンチでのんびりしていたの。そこで、お孫さんたちと遊んでいるおばあさんと話したわ」

「へえ。小さい子？」

「そう。三、四歳くらいの女の子と、歩き始めたばかりの女の子の姉妹を連れていたの。とても可愛かったわ」

大介は、何も言わずに黙って頷いた。

「そうか。その子たちを見ていたら、香菜ちゃん子どもが欲しくなったのか」

それも、たしかにある。だが、今、そう言われて考えると、老女との話のことが思いだされた。

「それだけじゃないわ。おばあさんの若い頃の話を聞いたの。自分が子どもを産んで育て て、どんな苦労をしたかという話とか、子どもが育って独り立ちするまでの話とか。そして今はご主人が亡くなって息子さん夫婦と暮らしているって。でも、そんな話をしながら、とても穏やかな目をしていたの。そうしたら、ふっと私も目が開いた気になった」

「ぼくたちに、もう子どもがいてもいいってことかい?」

香菜子はこくんと頷いた。言葉で説明しなくても、今は、それだけで充分だと思っていた。

「わかった」と大介は言って、優しく微笑んだ。

「じゃあ、あとは神さまがいつ子どもを授けてくれるかということだよね。あ、コウノトリが、いつ香菜ちゃんのおなかの中に赤ちゃんを連れてきてくれるか、ということだよね」

大介らしい言い方だなあ、と香菜子は感じる。だからもう一度、こくんと頷いた。

9

そして、約束の日は着々と迫《せま》っていた。大介の文箱のメモに書かれていた〈香菜子と温泉宿でゆっくり過ごしたい〉という願いを実行する日が。大介が生きていた間には決して実行されなかった、未来の大介の願いがようやく叶うことになるのだ。行き先は、まだ聞かないままだが、大介はすでに予約を済ませているようだ。あまり、そのことについて香菜子は触れないようにしていた。どんな温泉宿なのか、当日までのお楽しみにしたいと香菜子が宣言しているから、あえて大介の方からは、言わずにいるようだ。

ただ、あるときから香菜子がカレンダーにマークしていた出発日の前日に、マークが付けてあった。

「あれっ。言ってなかったっけ」

そう大介は言った。一泊で帰るにはもったいなくて、二泊にしたのだ、と。それでこそ本当に香菜子と温泉宿でゆっくりしたことになる、と思ったそうだ。そのことは、香菜子にすでに話していたと思い込んでいたらしい。

「ごめん。ごめん。何か、都合が悪いことがあったんじゃないか？」

いや、都合が悪いことなぞ何もない。むしろ嬉しいばかりだ。だが、香菜子に変更を言ったつもりになっているというのが、大介らしかった。「だって、二泊だと一日が海の幸で二日目がイタリアンということに……」と言いかけたので、あわてて香菜子はストップをかけた。それ以上話したら、宿の名前まで言ってしまいそうだ。香菜子は、それでもかまわないが、二人の間では、当日までのお楽しみで、それまでは言わない聞かないというサプライズのルールになっているはずだった。


午後、香菜子は商店街へ夕飯の買い物に出かけた。時間だけは、たっぷりある。バスは使わずに商店街まで日傘をさして歩く。

のんびりと散歩がてら歩けば、その間にその日のメニューも思いつくのではないか、という気持ちでいた。

ぼんやりと大介が言った「海の幸」という言葉を思いだしていた。ということは、海に近い温泉宿だろうな、と容易に予測がつく。だとすれば、大介に水着を持っていかなくていいか確認しなくていいだろうか？　でも、そんなことを聞いたら行き先が香菜子にバレてしまったと、大介はがっかりするかもしれない。いや、山の温泉でも近くにプールがあるかもしれないし、と言えばいいだろうし。海の近くでも海水浴ができるとはかぎらない。もしも海水浴場があっても八月下旬ともなれば泳ぐには波が高くなっているのではないか。それでも、楽しいだろうな、と期待して心は大介との休暇をいろいろと想像してにやついてしまう。

しかし、次の瞬間、香菜子は足がすくんでしまった。頭の中が真っ白になった。

商店街の入口に、見覚えのある男が佇《たたず》んでいた。

男は、視線を香菜子に向けていた。じっと目をそらすことなく睨《にら》んでいた。それが誰なのか、香菜子にはすぐにわかった、痩せた長身の老人。度の強い特徴的な眼鏡をかけている。

機敷埜風天。笠陣芙美の伯父。そして、デイ・トリッパーの発明者。

機敷埜老人は、偶然そこに佇んでいたわけではない。目的を持って商店街の入口にいたのだ。度の強い牛乳瓶の底のような眼鏡の奥の、目の動きまではわからないが、香菜子が現れた途端にその態度は、劇的に変化した。香菜子が現れるまで張り込んでいたのだ。

どうしよう？

香菜子はどうするべきなのか判断がつかなかったが、先に身体が反応していた。機敷埜老人に背を向け、今来た道を引き返そうとした。すると、足音が聞こえてきた。振り返らなくても、機敷埜老人が駆け寄ってきているのだとわかった。

「待ちなさい。お待ちなさい。お嬢さん。ずっと待っていたんですよ。必ず、ここに現れると思っていた。しばらく。しばらくだけ時間をくれませんか？　とても大事なことだと思うから」

香菜子は、お嬢さんと呼ばれたことが不思議だった。老人からしてみれば、若ければ、人妻もお嬢さんも同じに見えてしまうということか。このまま逃げおおせても、機敷埜老人は、必ず香菜子を見つけだそうとするのではないだろうか。そう考えると、香菜子の足は動かなくなってしまった。観念したと言うべきか。

「すみませんのう。一度、わが家の前でお会いしてから、あなたのことが気になりましてな。それから、ずっとこの商店街の前でこの時間帯に余裕があるときは必ず待っておりました。ここなら、必ず、またお会いできると思っていました」と老人は言った。

「どうして、そう思われたのですか？」思わず香菜子は、そう尋ねた。

「先日も、お嬢さんは、買物をするような姿でしたから。あまり着飾っているわけでもなく、近所を歩いてもおかしくないくらいの服装をしていた。こう言っては失礼かもしれませんが少なくともよその家を訪ねるような姿で、わが家のまわりをうろうろしておられたわけではない。つまり、買物のついでに、わが家の前まで足を延ばしてしまったという感じでしたからなあ」

もう、香菜子が逃げ去ることはないと、機敷埜老人は確信したようだ。また、香菜子も老人から逃げても解決にはならないと考えていた。

「立ち話もなんですから、この近くの喫茶店におつきあいいただけませんかな。ほんの少々の時間でよろしいので」

そう言われて、香菜子は覚悟を決めた。

「わかりました」

「では、そこまで」と機敷埜老人は自転車を押して商店街へ入っていく。振り向かないから、今度は香菜子が逃げずについてきてくれるものと信じているらしい。そうなると、かえって香菜子も逃げだせなくなってしまう。

商店街の中ほどで、機敷埜老人は店の看板横に自転車をとめた。

「ここでどうでしょうか」と機敷埜老人は振り返って香菜子に言った。看板には「純喫茶マンボ」とあった。このような場所に喫茶店があるとは香菜子は知らなかった。看板も陽に灼《や》けて色変わりしている。ずいぶん昔からこの場所に純喫茶マンボは存在したのだろう。何度もこの前を歩いていたはずなのに、香菜子は店の存在も知らなかった。いや、街の風景の一部となって香菜子に見えなくなってしまっていたのかもしれない。

「はい」と香菜子が答えると、機敷埜老人は店内に入っていった。後について香菜子が入ると、店内は明るいのだが、まるで昭和時代のような雰囲気だった。過去へ跳ぶ装置を作りたがる機敷埜老人が好みそうな店だということだろうか。

昼下がりだというのに、店内に客の姿はなかった。代わりにまるまると肥《ふと》ったキジ猫が首だけ上げて何者だ、というように香菜子を睨んでいた。

「いらっしゃいませ」とけだるそうな声がする。奥の厨房らしきところから中年の女性が顔を見せた。

「こんにちは。こちらにお邪魔するよ」と機敷埜老人が中年女性に手を振ってみせて、「さ、おかけになって」と香菜子に席をすすめて自分も腰を下ろした。

物珍しそうに香菜子は店内を見回す。「このお店は、昔から使っているんですよ」と嬉しそうに機敷埜老人は言った。そこに、中年の女性が水を置く。

「おや、先生がどなたかを連れてくるなんて、珍しいことですね。しかも、こんなに若くてきれいな方だなんて。先生も隅に置けませんね」

中年の女性は明らかに何やら誤解しているようだ。訂正しておいた方がいいと「あのー」と香菜子が言いかけると、女店主はかぶせるように「あー。大丈夫よ。私は口は堅いし、何も聞かないし、お客さんのプライバシーは大事にする方だから」

　機敷埜老人は、何も気がまわっていない様子だった。

「あー、何か注文しないといかんじゃったなあ。私はコーシーでお願いします。こちらのお嬢さんには……これお嬢さんは何を注文するかね。ジュースとか牛乳とかアイスクリンとか、お腹が空《す》いていたらチキンライスとかもできると思うが」

　機敷埜老人は女店主の言葉も意に介さない様子で香菜子に注文をうながす。機敷埜老人は自分が興味がないことについては一切、何も聞こえないし、見えない人のようだ。言葉づかいも妙に古めかしい。老人がそうであれば、と香菜子も開きなおっていた。

「あ。では、私も同じものでお願いいたします」

　機敷埜老人は満足そうに頷いて言う。「じゃあ、こちらのお嬢さんにもコーシー。つまり、コーシーが合計二杯となります。お願いします」

　女店主は、頷いて奥へと下がっていく。これで、よく成り立っているなと店内を見渡しながら、香菜子は感心した。椅子もテーブルもすべてが四角っぽくて古臭い。椅子は赤い布地で下品な印象が拭《ぬぐ》えない。テーブルの上の灰皿は十円玉を入れると占いが出るというものだ。すべてが時代に取り残されたような喫茶店だ。そして、自分は今、ほとんど初対面の機敷埜老人の前に座っている。なんと奇妙な状況だろう、と香菜子は思っていた。

コーヒーがすぐに目の前に置かれた。えらく早い、と香菜子は思う。「ごゆっくりどうぞ」と女店主は去っていく。

まだ、機敷埜老人は口を開いてくれない。仕方なく香菜子はコーヒーを口にした。香りもなく、ぬるい。ひたすら苦い。何故、こんなにコーヒーが早く出てきたか、わかったような気がした。このコーヒーは作り置きされていたものなのだろう。

一口だけ飲んで、香菜子はコーヒーカップをテーブルに置いた。

するとと、やっと機敷埜老人は口を開いた。

「正直に答えてください。あなたは、デイ・トリッパーで未来から来たんですね」

香菜子は、仕方なく頷いた。何をどこまで、話していいのか、何を機敷埜老人に言ってはいけないのか。今の香菜子には判断がつかなかった。芙美から言われたことは、これまで守ってきているつもりだった。しかし、このような状況までは予測もしていなかった。しらばくれても、目の前で機敷埜老人から次々に問い詰められれば、嘘をつきとおせる自信はなかった。それに、何よりも香菜子は嘘をつくのが下手なのだ。

これは不可抗力なのだ、と香菜子は自分に言い聞かせるしかなかった。

「やはり、そうでしたか。そしてあなたが今の私と初対面であるということは、やはり未来では私は存在しないのですね。実は、数日前に診断結果を知りましたが、私には残されている時間があまりないことを告げられました。それから、どうするべきなのか、自分なりに考えたのですよ。デイ・トリッパーは今、試験的に作動させることができるというところまではいっておるのです。ただ、それは理論上のことでして、現実には過去に跳べずにいる。どこに問題があるのかと悩んでいたところでしたよ。で、お嬢さん。お名前はなんと言われる？　どうやってデイ・トリッパーの存在を知ったのですか？」

香菜子は、自分の名を告げた。それから、どう語るべきなのか、迷った。迷った挙句に

「言ったらいけないと釘を刺されています。ただ、デイ・トリッパーに乗せていただいたのは笠陣芙美さんという方からです。芙美さんから未来のことを口にしないように約束させられました。機敷埜さんなら、おわかりと思います。小さな変化がやがて未来の大きな変化に繋がることを防がなければならないから、と言っていました。そのようなルールは機敷埜さんから指示されたものだとのことでした。バタフライ・エフェクトとか、タイム・パラドックスとか。おわかりでしょう」

機敷埜老人は怒った様子もなく、ただ戸惑った様子で右手で首の後ろを何度もぽんぽんと叩いていた。

「亡くなった人に会いに来ているのですか？」

そう唐突に機敷埜老人は言った。どう答えるべきなのか？

「えっ?」とだけ漏らした。

「いや、実はデイ・トリッパーが完成したときに心配したのは、今、お嬢さんが、いや、香菜子さんが言ったとおり、未来の本来あるべき歴史を大きくねじ曲げることになってしまうのではないかということなのですよ。そして、直感的に思いついたのは、用途の制限です。亡くなった人に会いたい。そのことを叶えるためだけなら許可してもいい。そう思いました。だから、デイ・トリッパーの使用について誰かに言い伝えるなら、まず、そう言ってあるはずですから」

やはり、芙美は機敷埜老人の思想を正しく継承しようとしていたのだと、香菜子は実感していた。

「はい。そのとおりです。……と言っていいのかしら。芙美さんとの約束を破ったことになりますが」

「芙美がデイ・トリッパーをすべて仕切っているのですか」

「はい」

「芙美は、ときどき手が足りないときに研究を手伝ってくれている。そうか。芙美に任せれば、安心ではあるな」

そうひとり言のように機敷埜老人は言った。

「芙美さんは、とてもしっかりした方だと思います。だから、こちらに着いてから芙美さんとの約束を守っていたんです。先日、機敷埜さんにお会いしてしまったとき、逃げだしてしまったのはそのためです」

　すると、機敷埜老人は、テーブルをぽんと叩いた。

「大丈夫です。それは心配しない方がいい。あなたが芙美に言われたことは、すべて私が芙美に託したことです。ですから、私が尋ねることには、すべて正直に答えていただきたい。芙美は私の言うことに逆らうことはありませんから」

「いいんでしょうか?」

「いいんです。香菜子さんも、私に尋ねておきたいことがあれば、遠慮なく尋ねてください。芙美よりも、原理、法則、デイ・トリッパーについては詳しいつもりですからな。タイム・パラドックスについても、私が、これから考えて最善策を探るつもりだから。今なら、今のうちなら」

　機敷埜老人は、ぽんぽんと自分の胸を叩いてみせた。それを聞いて、香菜子の内部で、緊張が解けていくのがわかる。

　機敷埜老人の言うことを額面どおりに受け取って、そのまま甘えてしまっていいのだろうか。もし、そうだとすれば、尋ねたいことは山ほどある。

しかし、いくら機敷埜老人がデイ・トリッパーの開発者だからといって、実験はまだ途中の段階でしかない。未来の芙美が告げたルールこそが、すべての実験の成果に基づくのだとしたら、機敷埜老人にすべてを伝えてよいのだろうか？

「まだ、迷いがあるようですね」

機敷埜老人は、ちゃんとそのことを見抜いたようだ。反射的に香菜子は頷いていた。

「では、あなたの……香菜子さんのことを、もっとくわしく話していただけませんかね。直感だけで、あなたが未来から来たと知ったものの、実は何にも香菜子さんのことを知らずにいる。香菜子さんは、誰に会いに来られたのかね」

言い終え、機敷埜老人は、香菜子の返事を待つ。

香菜子は口を開いた。

10

何から話し始めたらいいものか。

しかし、迷うのと同時に、これまでのことが奔流《ほんりゅう》のように心の中で渦巻くのを感じていた。迷っているのに言葉だけが溢れ出る。

香菜子は、大介に起こった不幸のことから、話し始めた。大介との出会いから結婚、幸福だった生活のこと。そして、大介が突然、病魔に侵されたときのこと。なす術《すべ》もなく大介を失ったことまで。

そこで、香菜子は一旦言葉を切った。あまりに老人が何の反応も返してこないので、このまま話し続けていいものか、不安になったのだ。ひょっとして、自分の話に興味がないのではないか、と。尋ねたのは、機敷埜老人の方からなのに。

すると、やっと機敷埜老人が反応を見せた。数回、驚いたように目を瞬《しばた》かせた。

「どうしました」

「いえ、このまま、お話ししていいんでしょうか?」

そう伝えると機敷埜老人は香菜子の不安げな様子に気がついたようだ。

「あっ。気にせんで話を続けてください。これは、私が人の話を真剣に聞いているときのクセなんですよ。頷くのも相槌《あいづち》を打つのも忘れて、話に耳を傾けているので、まるで私が目を開いたまま眠っているのではないかと思われるようだ。

でも、そう見えても香菜子さんの言うことは、耳に入ってますから。どうぞ。あ、そうか、ときどき頷けば香菜子さんも話しやすくなるでしょうか。では、そう心がけましょう」

香菜子が返事をするのも待たず、機敷埜老人は香菜子に「さあ、どうぞ」と話を続けさせる。香菜子は話のタイミングを奪われたような気になったが、芙美との出会い、そして芙美がどのように香菜子を誘ったかを話した。香菜子は機敷埜老人の表情が初めて変化したことに気がついた。どのようなタイミングで芙美に声をかけられたのか。自分はどのような気持ちでいたのか。芙美にデイ・トリッパーの話を聞かされたときに、どれほど驚いたか。

機敷埜老人は、何度か頷いていた。そして、そのとき初めて香菜子の話に口を挟んだのだ。

「香菜子さん。ちょっと聞いてよろしいだろうか？」

もちろん、香菜子にはそれを拒む理由はなかった。

「なんでしょうか？」

機敷埜老人は少し口ごもった後、思いきって尋ねた。

「芙美が、その……デイ・トリッパーの説明をするとき、私のことを話題にしたろうか？」

「ええ。デイ・トリッパーは伯父の機敷埜博士が発明したのだと言っておられました。伯父さまのことを大変、尊敬していらっしゃいましたよ」

機敷埜老人は、そこで大きく頷き話を続けた。

「そうでしたか。他に芙美は私のことを何か話しておりませんでしたかな?」

直接的に尋ねているわけではない。だが、香菜子には、わかる。機敷埜老人は、自分の運命が気になっているのだ。

とはいえ、機敷埜老人が亡くなったことは聞いているが、それ以上のことは断片的にしか覚えていない。香菜子もいくらなんでも本人にそのことは言えない。

「芙美さんは、あまり、くわしくは話されませんでした。ときどき断片的に博士の話題に触れたくらいで」

「どんな話題でしたか?」

「ビートルズが好きだったので、遡時誘導機をデイ・トリッパーと名付けられたって言っておられましたけど」

それは、機敷埜老人が期待していた答えではなかったのかもしれない。機敷埜老人は不満そうに眉をひそめてみせた。

「その程度の話題ですかな。私が存命中に芙美に具体的に何を語ったとかは聞いていないのですか?」

機敷埜老人は単刀直入に尋ねてきた。こんなときに香菜子はうまく動揺を隠せたためしがない。

「え？　よくわかりません。芙美さんとお会いしたとき、たまたま機敷埜博士は旅行に出かけておられたということではないのですか？」

そう答えながら、香菜子は自分の声が上擦ってしまっているのがわかった。機敷埜老人のように人生の経験を積んだ者から見れば、香菜子の態度一つで、それが嘘か本当かはわかるのだと思う。

しかし、それ以上、機敷埜老人はその件について香菜子を追及しようとはしなかった。代わりにこう言った。

「そろそろ、デイ・トリッパーの実験を本格的に始めようと思っているのですよ。ということは、芙美に、これから実験を手伝わせた方がいいということなのかのう」とだけひとりごちて首をひねった。

それから「実は」と、香菜子に顔を近付けた。「遡時誘導機は完成している。そして、その装置で理論上は作動するはずなのだがなあ、さっき申しあげたとおり、壁に突きあたっておるのです。何度試みても跳べない。だが、香菜子さんにお会いして、デイ・トリッパーは完全に実用化していることがわかりました。

何故、私には行けないのだろうな？」

「いえ、機敷埜博士は、何度もデイ・トリッパーを使った。芙美さんは、そう言っていましたよ。芙美さんは、その過去への旅行を何度も手伝ったと」

機敷埜老人は虚《むな》しそうに首を大きく横に振った。そこで香菜子は気がついた。完成したのに作動しない、デイ・トリッパー。その理由を知りたかったのではない。完成したのに作動しない、
だから、ヒントを香菜子の口から聞きたかったのではないのか？

「これ以上、過去へのジャンプに理論的なものを付け加えることはないと私は確信している。しかし、現実には香菜子さんは時を跳び、私にはできない。何が異なるというのだ」

「でも、芙美さんは言ってましたよ。機敷埜博士は、何度も過去へ跳んだって。ですから、これから何か、新しいことに気づかれるのではありませんか？」

「では芙美は、遡時誘導機のことと私について何も他に語らなかったのか。デイ・トリッパーに乗せて過去へあなたを跳ばしただけだというのか」

そう言われても香菜子には返事のしようがなかった。

「そうか。デイ・トリッパーは、まだまだ完成しないわけか」

「でも、いつかは完成するのではありませんか？　機敷埜博士がデイ・トリッパーの操作法を芙美さんに伝えるわけですから」

「しかし、今のままでは何度やっても同じこと。何が違うのだ」

「ひょっとして、機敷埜博士はお薬が効かない体質なのではありませんか？」

香菜子がそう言ったとき、機敷埜老人は、目を大きく開いた。

「あなた……今、何と言った」

「お薬が効かない体質ですか……と」機敷埜老人に指を差されて、香菜子はあわててどぎまぎしてしまう。何か変なことを言ってしまったのだろうか？

「香菜子さんは、遡時誘導機に乗るときに、薬剤を使ったというのかね」

「ええ。甘酸っぱい香りのお薬を飲まされました。芙美さんは遡時誘導剤と呼んでいましたけれど。たしか、過去に跳ぶ旅行者の精神状態が関係するから、と飲まされたんです」

「それか……!!」と驚いたように自分の髪の毛を掻きむしる。「私は、デイ・トリッパーを完成させたときに、理論上はこれ以上のものはできないという自負があった。ところが、現実には心を過去へ跳ばすことはできなかった。さまざまな可能性を検討したのだよ。過去へ跳ぶときの精神状態も関係するのではないかと思い、自分の精神を統一する方法も試してみた。だが、うまくいかなかった。自分の心の在りかたに何か欠陥があるのかも、と悩んだが、まさか薬剤を使用するとは。まさに盲点だった。そんな簡単なことが思いつけなかったとは。よし、大いなるヒントをいただいた。感謝するよ」

まったく予想外の展開に、香菜子は驚く他なかった。ということは、このできごとは芙美が恐れていたタイム・パラドックスではないのか？

機敷埜博士の発明品である遡時誘導機、すなわちデイ・トリッパーは、真の完成は未来からやってきた香菜子のアドバイスがあって初めて完成することになるのだ。つまり、香菜子が機敷埜博士と出会わなかったら、いつまでもデイ・トリッパーは完成しなかったということになる。バタフライ・エフェクトを起こすのではないかと心配した機敷埜博士と香菜子の対話が、逆に正しい歴史に戻っている。ということは、脅えすぎなくても運命はあるべき方向に流れているのではないか、と香菜子は思ってしまう。そして、そう考えると、ずいぶんと気分が楽になっていることに気がついていた。

「お役に立ちましたか？」と言った自分の表情がほぐれていくのを香菜子は自分でも感じていた。

「もちろんですよ。今度は、私の話も聞いてもらえますかな」

安らぎを得た表情の機敷埜老人は、どうしても話さずにはいられないようだった。香菜子は、自分と機敷埜老人の間に絆《きずな》のようなものが生まれたとさえ思い始めていた。

「ええ。どうぞ」

「ありがとう。実は、先日、私の身体がたちの悪い病に侵されていることが、わかったのですよ。余命宣告まで受けるとは呆れたものです。私に残された時間は長くて半年と言われた。自覚症状が出始めてからも、研究にかまけて、自分の身体のことは二の次に考えていた。だから、天罰といえば天罰なのですがね。

医者が言っていました。何故、もっと早く見せなかったのか、とね。初期段階であれば容易に治療できたということですよ。完璧にね」

「じゃあ、デイ・トリッパーを使って、過去の自分に戻って治療を受けようと思っているのですか？」

すると機敷埜老人は、大きく頷いた。それでは、大介を救おうとする自分と変わらないではないか。

「いったい、どんな薬剤を併用していたのだろうなあ」

機敷埜老人のひとり言に、香菜子は現実に引き戻された。

「甘酸っぱいにおいの薬を飲んだと言っておられたな」

「ええ、そのとおりです。部屋中が、薬のにおいでいっぱいでしたから。おわかりですか？」

「まあ、いろいろ試してみるとします。薬学には縁がないほうではありませんから」

さりげなく言い放ったが、機敷埜老人の言葉は自信に溢れているように見えた。フリーエネルギーからタイムトラベルに至るまで、さまざまな分野で縦横《じゅうおう》無尽《むじん》に研究を続けている彼のことだから、どんな研究の壁も超えてしまえるにちがいないと、香菜子には思えた。

そのとき、ふと、香菜子は機敷埜老人に尋ねてみた。何でも尋ねてくれと機敷埜老人は言ったではないか。そして、結果的にはまだ作動していないデイ・トリッパーを使うにはどうすればいいかというヒントを香菜子が機敷埜老人に与えることができたから、気分的に緊張が解けてきていた。

「あの。質問していいですか？」

「おお。なんでもお尋ねくだされ。香菜子さんからは、思いがけない情報を与えてもらった。何も遠慮することはありませんぞ」

「たとえば……たとえばの話ですが。今、私は願いが叶って大介が元気だった頃に戻ってきているのですが、そのことには感謝して幸福な日々を過ごしています。そして一日一日を大事に過ごしているつもりですが、いずれ、また大介が病魔に侵されて突然倒れてしまう日が来るのだと思うと、胸が張り裂けそうになるのです。それでも、芙美さんから過去へ跳ぶときに言いつけられたことを守って、タイム・パラドックスが起こらない生活を続けています。私はこのまま大介を見殺しにするしか道はないのでしょうか？　なにか、方法はないかと、いつも考えているのですが。また同じ絶望の時間を迎えるのだと思うと、目の前が真っ暗になってしまうのです。機敷埜博士のお考えを聞かせていただけないでしょうか」

機敷埜老人は目を閉じて腕を組んで黙していた。頷くこともなく、何の反応も返してくれない。本当は、こう尋ねたかった。

私と大介には子どもがいませんでした。今、もしも私と大介との間に子どもを授かったとしたら、未来は変わりますよね。大介が病に倒れるという未来も変わるのではありませんか？ と。

さすがに、そこまであからさまに歴史を改変する話まではできなかった。

だが、今の問いで大介を救う道について、機敷埜老人が語ってくれることを願っていた。

機敷埜老人は目を開き、背筋を伸ばすと大きく咳《せき》ばらいをした。それから言った。

「わかりませんな。がっかりさせるかもしれないが、今の私は理論だけでしか考えられない。現実に時を跳んだ人物は香菜子さんだけしか見ていないのですから。だから、どんなことも起こりうるだろうし、どんなに手をつくしても宿命は変わらないのかもしれない。自分が過去に跳び、帰ってきたら、もっと適切なアドバイスができるかもしれませんが。申し訳ない」

香菜子は、少し落胆した。もっと気の利いた回答があるかと思っていたのに。天才科学者といっても、この程度のレベルなのだろうか？　しかし、タイム・パラドックスを起こしかねないことを尋ねるなんて、本来であれば叱責《しっせき》されても仕方がないのだ、とも思う。

「いえ。真剣に考えていただいてありがとうございます」と頭を下げた。

「じゃあ、約束しましょう」と機敷埜博士は言った。

「えっ。何を」

「もしも、これから、私が遡時誘導機、デイ・トリッパーを使って過去へ行けるようになったとする。そうすれば、いくつかの真理を私は摑むことができるはずだ。その中で、今の香菜子さんの疑問に対してお役に立てる情報を得たときは、すぐにお知らせしようと思います。

それでよろしいか？」

見かけに反して、機敷埜老人は誠実な人柄なのだと香菜子は思う。

「ええ、それでかまいません。でも、何故、機敷埜博士は時を跳ぶ発明をしようと思ったのですか？」

それは、香菜子の口を衝いて出た素直な疑問だった。自分が過去へ跳んだのは、大介に会いたいという願いからだった。大介に会うためには過去へ行くしかない。だが、機敷埜老人にはそこまでして過去に執着する理由が見当たらない。どうして、そんな人がデイ・

トリッパーを？

「そうですね。必要は発明の母といいますが、単純なことですよ。電車に乗ろうとして、ぼんやり駅へと歩いていて、駅に着いた途端に電車が目の前で発車してしまったことがありましてな。そのとき思いついたのですよ。もしも自分の心を十分前の自分に送り込めたら、急ぎ足で行くことで電車に乗り遅れるのも防げたはずだとね。そんな装置ができないものかとね。それが最初の思いつき。それで、それを実現させるために、いろんなアイデアを書き溜めた。その後に他の発明でしばらく、遡時誘導機のことを忘れていたのだが、ふと思い立って組み立ててみた。ところが、うまく機能してくれない。その原因がわからないでいた。というわけで、最近、デイ・トリッパーを完全に機能させることに没頭《ぼっとう》していたというわけですよ」

それで質問の答えになったようには香菜子には思えない。

「私がたちの悪い病にかかっていることがわかり、治療の道はないと医師に言われたときに、どうすればよかったのかを医師に尋ねたのですよ。すると、こう答えが返ってきた。初期だったら、完全に治すことができたのに、とね。

そう言われたら、思いつくのは遡時誘導機ですよ。どれだけ、動かない装置を試し続けたことか」

なるほどと思えた。デイ・トリッパーを思いついた段階から、今に至って急に必要性が増したということなのか。

「自分が病に侵されていると知って、逃れる方法は、この遡時誘導機しかないとわかったのですよ。だが、装置はうまく機能しない」

やはり、機敷埜老人は自分が助かる道を模索していたのだ。しかし、芙美は言っていた。伯父は何度も過去へ跳んでいた、と。それでも、あのとき機敷埜博士はすでにこの世の人ではなかった。ということは、どのような手をつくしても運命は変えられないということなのだろうか？

そして、そのことは機敷埜博士に教えておくべきではないのか。

「まだ、私にはやるべきことがたくさんある。完成させていない研究も。それを完成させないことは、私だけの悔いではないよ。人類全体の損失だと思いませんか」

話の規模が大きくなってきた、と香菜子は思う。そうなると、言いかけたことも言えなくなってしまいそうだ。

そのとき、目の前に湯呑みが置かれた。

置いたのは女店主だった。

「人類を救ってくれるのなら、サービスをよくしとかなくっちゃね。お茶でも飲んで頭冷やして、ゆるゆるやったらいいよ」と。

香菜子は、ほっとして大きく息を漏らした。この女店主は、なかなかのキャラかもしれない、と思う。二人の話を聞いていたのかどうかは、よくわからないが。

「いや、お気遣い、いたみ入ります」と機敷埜博士は茶をすすった。

「そういうわけで、無事に過去に行き、よき方法やらを考えたら、必ず香菜子さんに教えに行きますよ。

そこで、ご主人の病のことだが、もう少しくわしく教えてもらえないか？」

意外なことを尋ねられたと、香菜子は思う。

「いや、とにかく、私は何にでも興味を持つので失礼であればお許しください」

香菜子は、自分が思いだせるかぎり、大介の病のことを語り始めていた。

11

今は、自分が機敷埜博士に、大介の病気についてうまく説明できたのかどうか、あまり自信がない。

あれから、一度も香菜子は機敷埜博士には会っていない。うまく自分は話せたのだろうか？　そして機敷埜博士は香菜子の話を理解できたのだろうか？

ずっと、そのことが心の隅に引っかかっている。

温泉へ向かっている。大介の心残りだったイベントを今、果たそうとしている。だが、香菜子が想定していた温泉地とは違っていた。海岸沿いの温泉地へ行くのだろうとは予想していた。大介が海の幸が楽しめる宿だと漏らしていたから、きっとそうに違いないと思っていた。しかし、まさか離島にある温泉宿だとは思わなかった。

大介はプランを練りに練っていたらしく、休暇の朝早くから嬉しさで興奮しまくっていた。しかし、このときまで、香菜子には、はっきりと行き先を教えはしなかった。

「さあ、ミステリー温泉ツアーへ出発だ」と言って、愛車を発進させたくらい上機嫌だった。

香菜子が行き先を知ったのは、港に到着して、連絡船に乗ることがわかってからだ。港に着いたときから、香菜子もわくわくが止まらなくなっていた。

「三十分くらいの船旅なんだけれどね」と大介は得意そうに言った。それでも香菜子には充分過ぎるほどのサプライズだったと言える。

その瞬間だけは、これから大介と香菜子を襲うはずの悲劇のことを頭の中から追いだすことができた。

向かうのは根子島《ねこ》だということを知った。かつては、何もない島だったと聞いたことがある。人口は五百人にも満たず、島で温泉が出るとは聞いていたが、島民のための共同浴場があるだけだと思っていた。だから、生まれてこの方、香菜子は根子島へ足を運んだことはない。宿があったのかと驚くほどだ。たしか、根子島の産業といえば、漁業と斜面を利用した畑で作る根子島大根が有名だった気がする。

連絡船は、定員二十名の小さな船だ。船底近くの莫蓙《ござ》が敷かれた床の上に、隅に置かれた座布団を乗船客が一枚ずつとって、それを敷いて座るのがルールのようだ。乗るときに大介が「二人です」と言って千円を払っていた。受け取る船長は七十過ぎの老人だった。乗り込む乗客の一人ひとりに丁寧に「はい、ありがとさん。はい、ありがとさん」と声をかけていた。船旅というよりは、小型バスに乗り込んだ雰囲気だった。ただ、操舵《そうだ》席の横に落ちているものを見て、目を疑った。発泡酒の空き缶だった。それには大介も気がついたようで、香菜子を安心させるために「一日の仕事が終わったら、一杯というのが、おじいさんの楽しみなんだろうね」と言ったが、発泡酒の空き缶の向こうに焼酎一・八リットルの紙パックも置かれているのを香菜子は見つけていた。発泡酒は水代わりで、一日の仕事の締めの楽しみが焼酎なのではないだろうか。

船が出ると、猛スピードで進んでいるのがわかった。風がなく波もなかったが、香菜子には何度も水面をジャンプするような感覚があった。これが長時間なら船酔いするかも、と案じた。デイ・トリッパーで時を跳ぶほうがよほど穏やかなのかも、と思えたほどだ。船酔いにならなかったのは、島の住民らしい中年女性が声をかけてくれたからだ。

「たまやさんに行くんですか？」

「え？」と、意味がわからずに香菜子が問い返すと、代わりに大介が答えてくれた。

「そうです。私たちも初めて行くんですけれど」

中年女性は、満足そうに目を細めて何度も頷いた。

「あそこは評判いいようですねえ。若いアベックさんを島で最近よく見るようになりました。皆さん、たまやさんに泊まりに行かれるんですよね」

香菜子は、中年女性が〝アベック〟なる耳を疑うような死語を使うのがおかしかったが、彼女の辞書には〝カップル〟という表現は載っていないのだろう。

「私たちが泊まる宿は、たまやというの？」と香菜子は小声で尋ねる。すると大介は頷いて答えた。

「そうだよ。根子島にはこの間までは釣り宿の民宿くらいしかなかった。共同浴場の温泉が港の反対側に一カ所あるくらいだったけれど、その近くに料理のおいしい温泉宿ができたということを聞いたんだ。ただ、ひたすらのんびりするにはいい宿らしい。裏を返せば、他に行くところはないらしい。あ、たまやの近くに海水浴場もあるらしい。しかし、遠浅かどうかもわからない」

あれほど水着を持っていくべきかどうか迷っていたのに、香菜子は今ではどうでもよくなっている。できてすぐの料理のおいしい評判のいい温泉宿というだけで、わくわくしてくるのを抑えきれない。

「楽しみ」と言って香菜子は大介の右腕に両手を絡ませた。

連絡船の速度がみるみる落ちていく。そういえば船底近くに座っていて外の景色を見ていなかったことに気がついた。見ていたのは、窓の外の青空に広がる入道雲だけだった。身体を伸ばして中腰になると、船を動かしている老人の向こうに、もう島がすぐそこまで迫っていた。

小さな島だった。左から右の端まで、視界の中に島の全景が納まって見えた。港のまわりには民家が密集しているのがわかった。そして何隻もの繋留《けいりゅう》されている漁船が波に揺れていた。香菜子は、そこでバランスを崩してしまい、大介に支えられた。「何か見えたかい？」

「小さな島だわ」

「うん。着くまでは座っておいた方がいい」

大介が、香菜子が再び腰を下ろすのを確認してから香菜子を支えていた両腕を外した。それだけで香菜子は大介の優しさを感じて泣きそうになってしまう。それから数分もせずに、連絡船は港に着岸した。

老人が乗客の一人ずつに声をかけた。島の住人には「はい、ありがとさん」だったり「お疲れさん」「ご苦労さま」だったり。そして香菜子と大介には「根子島、楽しんでなあ」と言ってくれた。

島を見回して、なぜ、この島にそのような名前がついているのかを知った。埠頭《ふとう》に五匹、雑貨屋の前に三匹。日陰にはあちらこちらに猫がいた。連絡船から降りてくる人々には何の興味もなさそうに。ここは猫だらけだ。

香菜子は嬉しくなった。今のマンションは規則でペットを飼うことは禁止されているが、香菜子は幼い頃から、猫が大好きなのだ。子猫が二匹で日陰でじゃれあっている姿に思わず見入ってしまっていた。

「かわいぃ〜」と思わず言ってしまう。

「そうか。よかった。香菜ちゃんはきっと喜んでくれると思っていた」

「えっ？」と思わず聞き返す。今まで大介には一言も自分が猫好きだということを話したことはないと思っていた。

「だって、テレビに猫が出てるときは、いつも目が釘付けになっていたからね。かなりの猫好きだろうな、と思っていた」

そうだったのか、と香菜子は思う。自分はずっと大介に観察されていたということか。そのことは、香菜子にとっては嬉しいことだった。無関心を装《よそお》っていても、本当は、香菜子が何を考えているのかをいつも気にかけていてくれる。

じゃあ……。

そこで気がつく。心の底まで読まれかねないのだから、大介のこれからの運命について悟られないように気をつけなければ。

「中川さんですか？」

振り返ると、蝶ネクタイをした色の浅黒い老人が、旗を持って近づいてきた。額から汗が噴きだしていた。旗には「オーベルジュたまや」と書かれていた。七十歳を過ぎているだろうか？　服はカフェの制服のように見えるが、着こなしがぎこちない。

「ええ、そうです」

「遅れてすみません。お迎えに来ました。五分ほど歩きます。今回はご利用いただきありがとうございます」

老人は深々と一礼して、大介と香菜子の持つバッグを預かろうとする。

「いえ、自分で持てますから」と大介が言う。すると「なんの。息子に叱《しか》られますから」と無理にバッグを奪い取る。善意のサービスとはわかるが、すべてがぎこちなく見える。

「うちは、元々、食堂だったんですよ。温泉横の。で、息子はイタリアとフランスに料理を勉強しに行ってたですねえ。帰ってくるというから、大喜びしとったら、ここで、この、この……」と旗の文字を指して「おーべるじゅちゃらをやると言いだしたのですよ。おーなんちゃらはなんだと聞くと、料理のおいしい宿のことだと。それで、あいた口がふさがらんうちに家をおーなんちゃらにしてしまったんですよ。わしにも、こんな服着せてからに。若い頃は漁に出とったんですよ。似合うわけないでしょう」

香菜子は、老人の不満たらたらな様子に、吹きだしそうになるのを必死でこらえていた。大介は根が真面目なのか、老人に相槌を打ちまくっていた。

松林の間に小径《こみち》があり、その向こうに海が見えた。松林の間でも猫たちがくつろいでいる。根子島という名前の由来だけでなく、これから向かうオーベルジュのたまやという名前の由来もわかるような気がした。

この島のことが大好きになりそうな予感が香菜子はした。

きっとこの島は人口よりも猫の数の方が多い。それも嬉しい。

名も知らない、いくつも瘤《こぶ》が幹から出ている木の陰に縁台があり、老人が二人で焼酎を飲んでいた。まだ日は高いというのに。

「よお、お客さんかい。働くのお。後で、飲みに来るがいいよ」と縁台から声がかかった。

老人は香菜子のバッグを振り回し、嬉しそうに「おお。一段落したら、行くで。ありがとうな」と答えていた。縁台の老人たちは餌《えさ》をよく与えてくれるのか、その周囲はまた猫だらけなのだった。

「たまやさんという名は、やはり猫に縁があるんですよね」と大介が尋ねる。

「ああ、そうです。昔、わしのばあさんが食堂を始めたときに、そのときの飼い猫がたまといったんだそうですが。それでたまや食堂とつけて、それからずっと。で、今は食堂は取って、たまやだけ残してる。でも今でも食堂メニューは残していて、温泉の休憩室に配達するんですよ。ちゃんぽんが人気だなあ。あら煮定食やら焼魚定食やらは、わしも作ります」と得意そうに答えた。

松林の向こうに着くと視界が開けた。島の北部になるのか彼方《かなた》に水平線が見えた。そして、海岸近くに、いくつかの建物がある。木造の一軒には「根子温泉亀の湯」と看板があった。看板は翼を広げた鶴の絵が添えられているのが不思議だった。何故、亀の絵ではないのだろう。ただ、島民に昔から親しまれている共同浴場であることは伝わってくるから、かまわない気もする。

「着きました。根子温泉の向こうです」

数本の松で隔《へだ》てられた民家が見えた。なるほど、根子島の中では異彩を放つ建物だ。白い色調の壁と赤い屋根。まるで地中海周辺にでもありそうな家だ。

「うわあ。素敵。あれが宿？」と香菜子は思わず漏らした。

「部屋に温泉がついとります。広い風呂がいいなら、根子温泉にも行けますから」と老人。

階段の横に、籠にもぎたてのトマトを持った女性と幼い女の子が立っていて香菜子たちに「いらっしゃいませ」と声をかけた。母娘だろうか。ドアが開いて、白い厨房服の男性が姿を現した。老人と違って見るからに垢抜《あかぬ》けした感じのいい男性だった。彼も「ようこそおいでくださいました。お疲れになったでしょう」と迎えてくれる。この男性が、老人が言っていたイタリアとフランス帰りのオーベルジュの主人ということになるのだろう。

宿は一日三組しか予約を取らないのだということを知った。サービスできるのはそれが限度だからということだった。そして、その日はもう一組だけ。明日は他に予約がないから貸切状態ですと教えられる。まだ、オープンして日が経たないし、宣伝も一切やっていないからこのような日もあるらしい。ただ盛夏の時期はおかげさまですべて満室で休む暇もなかったと教えてくれた。

案内された部屋も素晴らしかった。室内は過度の装飾はされていないが、必要な調度はすべて揃っていたし、アメニティグッズも宿の主人のこだわりが溢れたお洒落なものばかりだった。海岸が見渡せるテラスには、デッキチェアが二つ並べて置かれているのも香菜子好みだった。

部屋についている温泉は露天と内湯があった。老人が、狭ければ共同浴場へ行けばいいと言っていたが、その必要はないと香菜子は思った。二人のマンションの風呂とは較《くら》べものにならないほど広い。部屋に荷物を置いて二人はまず風呂を楽しんだ。それが、今回の二人の休暇の目的だったのだから。

大介が文箱に残したメモで心を残していたのは、温泉に行きたいということだったのは忘れもしない。

筆跡も、はっきり記憶している。

〈香菜子と温泉宿でゆっくり過ごしたい〉

その大介の望みが、今、叶った。

青空をぼんやりと見上げていた大介が、ふっと香菜子を見た。そのとき、香菜子は感慨深く大介を見つめていたのだった。

「どうしたんだい。泣きだしそうな顔しているぞ」

そう大介に言われて香菜子は驚きあわてる。そんな表情になっていたのだろうか。急いで両手で湯を手にすくい、自分の顔を流した。

潮の味がかすかにするが、湯の質はぬるぬるしていた。においは硫黄《いおう》のようでもある。茹《ゆ》で玉子のようなにおいがする。熱くもなくぬるくもない。いつまでも浸《つ》かっていられる気がした。

「すごい泉質ね。こんなにいい湯が湧いているなんて贅沢《ぜいたく》なところね」と言ってごまかした。

「ああ。調べたときにわかったけれど、一切加熱したり、冷ましたりしていないそうだよ。完全に島の恵みだってさ。そのうえ、源泉かけ流しというところだからね。隣の共同浴場と泉源は同じだそうだよ」

二人はゆっくりと湯に浸かる。

もしも、大介が今度メモを残そうとしたら温泉へ行きたいと記すだろうか？　そう香子はぼんやりと考えた。自分だったら、もう一度温泉に行きたいと書くかもしれない、と思う。こんなに気持ちいいのだから。

「大介は、満足した？」

「ああ。満足。満足」それ以上の言葉も必要ないようだった。

風呂から上がると、テラスの椅子に横になった。外だが、潮風が吹いていて残暑は気にならなかった。潮騒と海鳥の鳴き声だけが聞こえてきた。

いつの間にか、香菜子は眠っていた。目が覚めたのは電話の音だった。隣の椅子では大介も眠りこけていた。

電話は、夕食の準備が整ったことの知らせだった。ということは、ずいぶんと長いこと熟睡していたようだ。

食事は、食堂で食べることになっていた。フロントの棟の奥の部屋だと聞かされていた。

主人の妻が笑顔で待っていて、香菜子たちを海岸が見える席へと案内してくれた。最初の日はイタリアンで主人が腕をふるうということだった。席に着くと同時に、奥から出迎えに来てくれた老人が得意そうに大きな桶《おけ》を持って現れた。中には、氷が敷きつめられ、魚や海老、イカなどがならんでいた。香菜子が見たこともない魚介類も交じっていた。

「今日の料理で使う魚だと息子が言っとります。来月だったら伊勢海老も解禁だから出せたのにと残念がっておりましたが、代わりにウチワ海老」と老人は上から押しつぶしたような奇妙な形の海老を指で差した。老人は本当に嬉しそうだった。魚が好きでたまらないというのがわかる。漁師だったということもあるのだろう。だから「今日は息子の洋食だが、明日はわしが漁師の浜料理をこさえますからね。全部、わしがさばきますから」と小声で二人に囁くように言った。それはそれで期待が持てそうだ、と香菜子は思う。明日の夜も老人は蝶ネクタイで魚をさばくのだろうか？　その姿を想像するとおかしくて仕方なかった。

料理は、白い厨房服に身を包んだ若い主人自身によって運ばれてきた。まずは、島の大根とボイルしたウチワ海老を手作りマヨネーズであえたサラダだった。それが数種類の海藻《かい》《そう》と一緒に盛り付けられていた。

おいしかったし、海藻にかけられたドレッシングも初めての風味で新鮮だった。

大介と香菜子は口に料理を含んだまま、黙って何度も頷き合った。

言葉にしなくてもわかる。

――この宿、大正解だったね。

――街のイタリアンの味と全然違う。

続いて真鯛《まだい》とタコのカルパッチョが供された。これは、できるだけ素材の味を素直に楽しんでほしい、ということだった。

大介がビールを飲み干し、「やはり、これはワインだね！」とボトルを注文した。主人がセレクトしたワインは、白ではなく赤だった。キリッとした辛口だった。カルパッチョも、あっという間に皿から消えてしまう。

食堂の客は、大介と香菜子の二人だけだ。もう一組、宿泊客がいると聞かされていたのだが。まだ宿に到着していないのだろうか？

次の料理が来るまでの間、外を見ると水平線に陽が落ちようとしているところだった。空が朱に染まって見事だった。明日も晴れるのだろうか？　明日も、まるまる一日、この宿でのんびりと過ごせるのだと考えると嬉しくてならなかった。日頃のすべてを明日は忘れてしまおう。大介の不幸な未来のことも。

ふと、機敷埜博士のことが頭に浮かんだ。

なぜに今？　こんなときに？

それが引き金になり、夕陽を眺めながら、連想が始まった。

機敷埜博士は今、さまざまな薬剤を試している頃だろうか？　果たして効果的な精神安定剤に巡り合えたろうか？

いや、結果的にデイ・トリッパーは完成したのだから、適切な薬品を調合しているはずだ。

しかし、デイ・トリッパーに乗り込むときに飲む薬品が私が教えたことによるものだとは……と香菜子が考えたときだった。

「どうぞ、準備できております」と声がする。もう一組の客が食堂に入ってきたのだ。

少し離れた、大介の背の方のテーブルに案内された。

意外だった。若い女性の一人旅らしい。家族はいないようだ。

女性は、腰を下ろす。そして、ゆっくりと香菜子たちのテーブルに顔を向けた。

香菜子は信じられなかった。その女性の顔は絶対に忘れられない。そして、ここに絶対いるはずのない女性。

笠陣芙美、だ。

12

反射的に香菜子は顔を伏せた。どうすればいいのかわからず、頭が混乱してしまったからだ。

見間違いであってほしい。

心の中で、そう願った。もう一度、顔を上げたら全然別の女性が座っている。そうに決まっている。心の奥底に、芙美に対する脅えが潜んでいるから、別人に芙美のイメージを投影してしまったに決まっている。

香菜子は、そんなふうに自分に言い聞かせて、ゆっくりと顔を上げてみた。

大介の向こう側に、女性の顔が見える。ピンクのTシャツを着ている。こんな宿に、女性が一人で泊まるなんて。いや、だからこそ芙美に見えてしまうのではないか？

間違いなかった。

笠陣芙美だった。

どうして彼女はここにいるのだろうか？　自分の後をつけてきたのだろうか？

目が合わなければいいが。そう思えば思うほど、視線が芙美の方へ引き寄せられてしまうような気がする。

機敷埜博士に会ったことが芙美との約束を破ったことになっているのではないか？

いや、考え過ぎではないのか？　とも思う。この時間軸での芙美は、まだ香菜子と面識はないから心配する必要もない。

すべてが偶然のできごとだと考えた方が自然だ。

そう考えるが、香菜子が大介を見ようとすれば、必ず同時に芙美も視界に入ってしまう。

自分が大介の席に座っていれば、こんな心配もしなくてすんだだろうに。

「香菜ちゃん、どうしたの？　気分でも悪いのかい？」

小声で大介が、そう呼びかけてきた。大介には、あきらかに動揺していることが伝わったようだ。

「なんでもないわ」と答える自分の声が震えていることも、わかる。大介は、大きく頷いたが、納得した様子ではない。それどころか、香菜子の目を覗き込むように見ていた。

芙美に視線を向けるつもりがなくても無意識に見てしまうことが、その後も続く。しばらくすると、少し落ち着き、客観的に芙美を見ることができるようになる。芙美は景色を眺めている。今、まさに水平線に夕陽が落ちようとしているところだ。空は紅《くれない》に染まっていた。誰もがこの景色を見逃したくないはずだった。

芙美のテーブルは食器類が一人分しか並んでいない。そして、ワイングラスを持つ彼女は、まるで絵画に描かれるモデルのようだった。いや、この景色そのものが、まるで絵画だ。

芙美は幻想的な日没だけに興味があるようだ。香菜子たちカップルには、なんの興味もないように見えた。

香菜子たちの前に次の料理が並べられた。イカの墨煮《すみに》だった。イタリアンというよりはスペイン料理だろうか。小皿に取りわけて食べる。

「よかった」と大介が言った。

「何が？」とそしらぬふりで香菜子が尋ねた。

「いや、体調が悪くなったのかと思ったものだから。でも、おいしそうに食べているから気のせいだったかな」

「そうかな。夕陽を見て、感動したのかも」

それも香菜子にとっては嘘ではない。

宿の近くにオリーブ園があり、そこで搾《しぼ》ったオリーブオイルを使ったという手打ちパスタも上品な味だった。主人が釣ったイワシを干してフェンネルや松の実と合わせたものだそうで、今まで味わったことのない味だった。

「不思議な味。このパスタ、忘れられなくなりそう」

「そうか。そのときは、また、ここに食べにこなくてはね」

大介が目を細めて言った。そうだ。大介が元気でいて、また連れてきてもらえたら。そう願うばかりだった。

そのとき、ふと気づく。たった今まで、大介の背後のテーブルに座っていたはずの芙美の姿が消えていた。

いつの間に？

ひょっとして、自分が見ていたと思った芙美の姿は幻覚ではないかと思った。だが、彼女はほんの数刻前まで、たしかにその席にいたのだ。その証拠に、飲みかけの赤ワインのグラスと、皿がテーブルに残されたままになっている。

すでに、陽は落ちていた。夕闇が急速に広がっていく。西の空の赤も徐々に濃紺に変わっていった。きっと、落陽を眺めることが彼女の目的だったのかもしれない。芙美がいなくなったことで、香菜子は肩から力が抜けた。それにしても、芙美はデザートも食べずに部屋に戻ったのだろうか？

その夜の大介の表情は穏やかだった。彼の口にしなかった願いが叶えられたことへの満足からだろう。そして、寝顔も安らかだった。

香菜子は、すぐに眠りにつくことができずに、寝息をたてる大介を見守っていた。この大介の寝顔を一生忘れない、と思いながら。

そんなことを思っている間も、何度も芙美のイメージが呪われたようにフラッシュバックするのだった。

香菜子が眠りについたのは、それから二時間も後のことだった。もちろん香菜子は、いつ、どのように眠りに落ちたかははっきりとは記憶にない。

どんな夢を見たのかはわからない。ただ、切羽詰《せっぱつ》まった感じがした。それで揺り起こされるように目が覚めた。

朝の光、波の音、そして見知らぬ部屋にいることに香菜子は一瞬混乱した。

だが、すぐに自分がどこにいるのか、気がついた。

隣には、大介の姿がなかった。

「大介？」

思わず名前を呼ぶが、返事はない。もう一度、大きな声で呼んだ。

起き上がり、浴室へ行く。内湯と露天風呂にも彼はいない。

すでに陽は昇っていた。午前六時をまわっている。朝食は八時からの時間帯を選択していたから、まだ時間はある。

大介が部屋を出たことに、まったく気づかなかった。

テーブルの上にあったはずのルームキーがない。大介は、すぐに戻ってくるつもりなのか？　メモも残されていないし。

不安だけが増幅する。

香菜子はTシャツと短パンを着けて、部屋を出る。部屋に鍵をかけることは考えなかった。そんなことは、どうでもいい。まず、大介がどこへ行ったのか？　大介の安否を確認することが香菜子にとって最優先だった。

部屋の外には、すでに数匹の猫が木陰にうずくまっていた。香菜子の姿を見ても何も感じないようで、キジ猫なぞは前脚を伸ばし、大あくびしていた。

フロント棟から、誰かが出てきた。宿のオーナー家族ではない。大介でもない。

思わず香菜子は立ちつくした。

小さめの旅行バッグを持った芙美が出てきたからだ。

「おはよう」と芙美が言った。反射的に「おはようございます」と香菜子も挨拶を返した。それ以上、言葉が出てこない。何をどうすればいいのかわからない。

「デイ・トリッパーで跳んできた香菜子さんね」

やはり、芙美その人だった。そして、芙美も未来から跳んできたのだ。香菜子は、そのままその場に座り込んでしまいたくなるほどの衝撃を受けた。どう答えるのが正解なのだろうか？

「隠す必要はないわ。昨夜、確認できたから、この時間軸では、私と香菜子さんは、まだまったく面識がないはず。なのに、私のことを見たときに、あなたは、驚きを隠せずにいた。あなたは、それほど反応がわかりやすいのよ。私との約束を覚えてる？」

香菜子は、やっとのことで頷いていた。

「私、釘を刺しにきたの。あなたは、機敷埜の伯父と会ったでしょう。そして伯父と話した」

「私から会おうとしたんじゃないんです。機敷埜博士が私のことを捜し当てられたんです。そして、私に質問された。それで答えを渋っていたら、芙美さんのことは心配しなくていいと言われました。芙美さんは、機敷埜博士の言うことに逆らうことはないから、と。私は機敷埜博士の言葉に従うしかありませんでした。

私は、まずいことをしたんでしょうか？」

今度は、芙美が黙った。

「どうして、私と主人が、この宿に来ていることがわかったのですか？　機敷埜博士もここに来ていることは知らないはずなのに。ということは、機敷埜博士も、デイ・トリッパーで跳ぶことに成功したのですか？」

「だから、あなたをデイ・トリッパーで過去へ送れたのではありませんか。香菜子さんがデイ・トリッパーを使ったときに、遡時誘導剤が切れてしまったの。だから、メモを頼りに新たに調合する必要がでてきた。そのメモの裏に遡時誘導剤を使用する主旨と経緯が走り書きされているのだけど、その中に、あなたの名前が書かれていたのよ」

香菜子は耳を疑った。同時に何を言われているのか、うまく理解できなかった。芙美は香菜子の返事を待たずに、続ける。

「私は、伯父からデイ・トリッパーを引き継ぎ、伯父なしでデイ・トリッパーを動かすために、残してくれたメモや設計図や簡単な取扱説明書を何度も繰り返し読んだの。そして内容をすべて隅から隅まで暗記したわ。そのときまでは遡時誘導剤の記述の中には、香菜子さんについての記述はなかった。もし、記述があったなら、あなたに初めて会ったときに私はすぐ気づくはず。

メモに香菜子さんの名があることを発見したのは、あなたをデイ・トリッパーで過去に送りこんでからのこと。考えられるのは一つだけ。あなたが、過去で伯父と会ったのではないかということ」

「それを責めに来られたのですか？」

香菜子が問い返すと、芙美は首を大きく横に振った。

「ちがう。念のために言っておきたかったの。私と約束したことは、守って、ということ。念を押したかったのよ。

行き詰まっていた遡時法にヒントを与えたのは香菜子さん。あなたよ。でも、あなたを過去へ跳ばす前にも、伯父は試行錯誤の末に、自分自身の発想で遡時誘導剤を使用するところまでは辿り着いていた。だから、未来にもたらした変化は、それほど大きなものではなかった」

そうであれば、自分はそれほど責められる必要はないのではないか。そう香菜子は考える。あのとき、遡時誘導剤のヒントを与えなくても機敷埜博士は薬品を使う方法を探ることになったのであれば。それは、どのくらいの違いだったのか？

数カ月？　数日？

そして、今の芙美の話を聞いて、機敷埜博士は芙美が香菜子の名をメモで見つけた未来でもやはり、この世にいないのだということがわかる。生きているのであればデイ・トリッパーの管理を芙美に任せている必要はないのだから。

「でも、明らかに未来に変化はもたらされるのよ。今日、香菜子さんに会いに来たのは、警告するため。私が言った約束事を守って。今回は、それほど大きなパラドックスは発生しなかったと思う。それでも、以前はなかった香菜子さんの名前が、伯父のメモに出現する程には、時間の流れに矛盾が生じたことになるの。もっと大きなタイム・パラドックスが生じるケースもありうるわ。

もう一度、この時代にいる香菜子さんに言っておくべきだと思ったの。だから、こうしてあなたの前にいるの。

あなたの過去への旅行の目的は、生きているご主人と再会することだけのはず。それ以上のことは考えないで」

未来で初めて会ったときの芙美と同様に、このときの芙美もあまり感情がこもっていない話し方だった。

「それだけを言っておきたかった。私との約束を守って」

まさか、そのことを言うだけのために、芙美は過去へ跳び、そして今、香菜子の前に現れたというのか。香菜子は、どんなことを言っても、言い訳にしか聞こえないだろうと感じていた。だから、口は閉ざしたままだ。

何よりも、この温泉宿へ来ていることが、過去にはなかったできごとなのだが、芙美はそれには気がついていないのだろうか？

いや、ひょっとして知っているからこそ、この宿に現れたのか？

そして、この宿に来た理由は、香菜子が本当は大介を亡くすことを防ぎたいと願っての行動だと知っていたのではないか。

もう一つ香菜子は考えていることがあった。

それは、大介の子を宿すこと。

それだけ過去を変化させたら、きっと違う未来が……大介も元気で生きている未来が迎えられるのではないかと。

芙美は、そこまでは言及していない。

「もう行くわ」

そう芙美は香菜子に言う。香菜子は芙美に対しての疑問も湧き始めていた。芙美が、こうして香菜子に警告を与えに来ること自体、掟《おきて》破りになりはしないか？

新たなタイム・パラドックスの種とは言えないか？

もう一度、芙美は確認するように言った。

「約束して。過去のできごとを変化させないって」

その返事の代わりに香菜子は言った。

「ここの温泉の感想はどうでした？」

芙美は、虚を衝かれたような表情を浮かべた。

「この温泉は初めてだったのですか？　私の記憶の中では、昔、ここで芙美さんと会ったことはなかったのですが」

それは、香菜子なりの精一杯のはったりだった。もちろん、香菜子が根子島のことを知ったのは今回が初めてだ。

まさか、そのような問いが香菜子から発せられるとは予想していなかったのだろう。香菜子は、続けた。

「共同浴場の亀の湯には行かれましたか？　とても、いい感じらしいんですよ」

もちろん、香菜子も共同浴場へはまだ行っていない。だが、頭のいい芙美だったら、香菜子の言いたいことがわかるはずだ。

私は、機敷埜博士と過去のできごとにはなかった出会いをしてしまった。それは認める。しかし、芙美もこうして根子島までやってきて私に警告している。そのこともおかしいのではないか？　芙美が根子島に来ることも、過去のできごとにはなかったことだ。そんな芙美が、私に警告する資格はあるのか？　芙美がタイム・パラドックスを引き起こす原因になる可能性もあるではないか、と。

芙美は、即座に香菜子の気持ちを感じとったらしい。香菜子の問いかけには答えずに腕時計を確認した。そして再び香菜子に言った。

「今日、最初の船の時間が近付いている。もう、私は行くわ。香菜子さん、警告はしたわ。過去のできごとを変えないで。とんでもないことが起こらないように。私との約束を守って」

それが、芙美が香菜子に伝えたかったことだ。それだけを伝えるのが芙美の目的だったのだ。

そして芙美は踵を返し、港の方へと立ち去っていった。

芙美の姿が見えなくなってからも、香菜子はそのまま立ちつくしていた。というよりも放心状態にあったというほうが正しい。何故、機敷埜博士に会ったことをそこまで責められなければならないのか。自分から望んで機敷埜博士と会おうとしたわけではないというのに。

ひょっとして、大介の命を救う行動に出るのではないかと危惧《きぐ》して釘を刺しにきたということか。

どうすれば、いい。

「香菜ちゃん」

と、呼ばれてびくんと香菜子は正面を見る。焦点《しょうてん》が合う。

短パンにビーチサンダル姿の大介が、驚いた表情で近づいてきた。

「なにしているの？　こんなところにぼーっと立って」

大介は何も知らないから当然の質問だ。

「なにって……」

香菜子は何故、自分がここにいるのかということを思いだしていた。

「目を覚ましたら、大介がいないから。捜してもいないから。どうしたんだろうって、心配で出てきたの」

そうだ。それが部屋を出てきた理由だった。

「ああ。そうだったのか。香菜ちゃんがよく眠っていたから、起こさないように、そっと部屋を抜けだした」

「えっ。何をしに？」

「外が赤かったからさ。東の空がオレンジ色に染まっていた。陽が昇るんだなと思ったら、いても立ってもいられなくなった。日の出を見たいと思って海岸へ行ったんだよ」

「どうだったの？」

「美しかった。そこで、ぼーっと陽が昇っていくのを眺めていた。こんなに何も考えないのんびりした時間があるんだと、思ったよ」

「私も見たかった。一緒に見たかった」

そこで大介は、あっ、しまったという表情を浮かべる。無神経だった自分に、そのときまで話していて気がつかなかったようだ。

「そんなにきれいだったの？」

「ああ。そのときになって香菜ちゃんも連れてくればよかった、って後悔したんだ。よし。明日の朝は、一緒に見よう。約束するよ」

大介は、とって付けたように言った。

「それから、すぐに戻ってきたの？」

「あ。いや、海を眺めて散歩していたよ。それで、こっちに帰ってきて、まだ亀の湯に入ってなかったことを思いだした。だから、ちょっとだけ中を覗いてみたのさ。この共同浴場」と言って、目の前の建てものを指差す。

「そうしたら、湯舟につかっていたおじいさんたちが、入っていけって。財布を持ってきてないしタオルもないって言ったんだけれど、皆で、ここは無料だ、タオルなら備えつけのを使えって。だからお言葉に甘えて朝風呂にも入ってきた。いい湯だったよ」

あくまで、大介は能天気だ。それだけ大介が満足しているなら、よしとするべきか、と香菜子は思う。これは大介のための温泉旅行なのだから。

「せっかく、ここまで来たんだから、亀の湯を覗いてくればいい。入るのは後からでもいいさ。宿の温泉とは、また雰囲気が全然違うからさ。ひなびた田舎の湯という感じで、日本の故郷《ふるさと》へ帰ってきました！　っていう気分になれる。というか、昭和時代にタイムトリップしたという気にさせてくれるから」

大介の口から、タイムトリップという言葉が出てきたのは、偶然だとは思うが香菜子をドキッとさせるには充分だった。

「どうしたの？」と大介が問いかける。それで香菜子は自分が固まっていたことに気づいたほどだ。

「い、いえ。どうもしないわ」とあわてて答えた。

「大介が見つかったから、安心した。亀の湯は、あとで行ってみるから」

とても、のんびりと亀の湯を覗いてみる気分にはなれない。それよりも、大介に自分が動揺していることを見抜かれるのではないだろうか？　ということの方が気になった。いや、すでに見抜かれているのかもしれない。

突然、大介が香菜子の左腕を摑んだ。

「気分が悪かったりしないか？　ほら、鳥肌が立ってる。熱があるんじゃない？」

と大介は案じていた。香菜子が答える間もなく、大介の掌が額にあてられた。大介の手は温かく、そして同時に温泉の硫黄と潮が混ざったような独特のにおいがした。

「よかった。熱があるわけじゃなさそうだね」

香菜子は、自分で鳥肌が立っていることなど気がつきもしなかった。

「大丈夫。心配しないで」と言うのが、やっとだった。目が潤んでくるのがわかった。そのことに気づかれないように、香菜子も大介の手を握った。

13

気温が急速に上がっていく。遠くで船のエンジン音が聞こえてきた。

漁船だろうか？　いや、本土との連絡船かもしれない。芙美があの船に乗っているに違いないと思った。

これまでは、どうすれば芙美との約束を守りながら大介との時間を悔いなく過ごすことができるのか、また、うまく大介を救う方法もあるのではないかと考え続けてきた。それが香菜子の日々の思考の中心だった。だから楽しい毎日の中でも、刻々と着実に近づいてくる大介との別れに対しての脅えだけがあった。何か、大介を襲う悪夢のような運命を避ける方法がありはしないのか?

そして、今の香菜子には、芙美の出現で、新たな心配ごとが一つ増えたことになる。機敷埜博士のことは、自分には何も落ち度はないと香菜子は思う。なのに、あのような恐喝めいたことを言われるとは。

もう一度、大介は「大丈夫?」と部屋に戻ってから香菜子に言った。やはり、大介には普通じゃないように見えるのだろうか?

頭を切り替えなくては! と香菜子は自分に言い聞かせる。芙美が去ってから時間が経過したこともあるのだろうが、少しは落ち着きを取り戻せたような気がする。そして、今、何故、自分がここにいるのかを思いだした。

温泉宿で過ごしたい、という大介の願いを叶えるためだ。不安な様子のまま大介の前で過ごしていたら、大介の願いを裏切ることになってしまうではないか。

香菜子は、大きく頷いてみせ「まだ、歯も磨いていなかった」と洗面台の前に立つ。そして、できるだけ明るく「ねえ。今日は何をして過ごそうか? この島のおすすめって何かしら?」と尋ねる。

「ほら」と大介は悪戯《いたずら》っぽい目に戻っていた。香菜子はもう大丈夫だと、安心したのだろう。

「この島では、何もしないことこそ、最高の過ごし方だって言ったろう。やはり香菜ちゃんは、せっかちなんだよ。ぼくにも、そんなところがあるからね。何かせずにはいられない。何かしないと罪悪感を持ってしまったりするんだなあ」と自嘲《じちょう》するような笑いを浮かべていた。

朝食は、テラスに用意してもらった。テーブルは一つしかなかったが、このときの客は香菜子たちだけだから、食堂でもテラスでもどちらでもと、主人が言ってくれたからだ。クーラーこそないが、潮騒を聞きながらとる朝食を選んだ。それだけで宿の印象もがらりと変わってしまう。

まず、風が違う。潮のにおいが感じられる。潮騒だけではなく、名も知らぬ鳥の囀《さえず》りも聞こえてくる。なぜこんな小島にまでも鳥は飛んでくるのだろうか、と不思議になる。

鳥だけではなかった。ここにも傍若無人《ぼうじゃくぶじん》な様子の猫がいた。テラスの人間たちなぞ、怖くもないし興味もないというように猫がうろついていた。白地に黒模様の二毛猫で、鼻の下と右目の上に髪が垂れたような黒毛があり、大介は「ヒットラー猫だ」と言ったのが、香菜子のツボにはまり、大笑いすることになった。

二毛猫は、そんなことは自分には関係ないというように、庭の隅にあるアコウの樹に跳びのり、枝の上で身体を休めていた。その視線はどこでもない場所に向けられている。まるで、『不思議の国のアリス』に登場するチェシャ猫であるかのように。

主人は、サラダとヨーグルトとジュースを置き、卵をどのように料理するかを尋ねた。大介はオムレツ。香菜子は半熟の茹で卵を頼んだ。それぞれの卵料理にかりかりに焦《こ》がしたベーコンと手造りのソーセージが添えられていた。パンが欲しいと思ったら、パンケーキとフレンチトースト、それに自家製のアップルパイと焼きたてパンから選択するのだという。大介はフレンチトースト、香菜子はアップルパイを選んだ。

朝食だけで、もうお昼は何もお腹に入らないのではないかと思える豪華さだった。

「うまいなあ。こんなにおいしい朝食を食べずに帰ってしまう人もいるんだから、もったいないよなあ」

そう大介が言う。まさに香菜子もそのとき、同じことを考えていたのだ。芙美は、この朝食は知らないまま、そそくさと帰ってしまった。もったいないことだ、と。

ふっと、大介を見ると、彼もじっと香菜子を見ていた。

「そういえば、朝、亀の湯から上がってきたとき、この宿を発《た》とうとしていた女の人を見かけたんだよね」

香菜子は、びくんと背筋を伸ばす。

何？　何ごとなの？　芙美さんのこと？

「それで？」

「その女の人、たぶんぼくたちが夕食をとっているときに一人で食べていた女の人なんじゃないかな。ぼくの席からは、よく見えなかったんだけれど」

「さあ、どうなのかしら」

そう答えるのが、一番あたりさわりがないと思ったのだ。

「その方がどうかしたの？」

「うん」と大介は首をひねる。「近くで見なかったし、昨夜は気にもかけなかったのだけれど、今日、遠目で見て思ったんだ。ぼくが会ったことがある人なんじゃないかな、ってね」

香菜子は大介の言葉を聞いて、口から胃が飛びだすのではないか、というほど驚いた。

「離れていたから、見間違いかもしれないけれど、目鼻立ちがはっきりした人だし、動きもきびきびしているから、たぶんそうだと思うんだよね。一人で来ていたみたいだし、朝食も食べずに帰ってしまうなんて、もったいないし変わっているなあ、と思ったんだ」

香菜子は、まさか大介の口から芙美のことが語られるとは予想もしていなかった。だから、どうリアクションすればいいのか、まったくわからない。

「どこで会った方なの?」

そう聞き返すことしかできない。大介の記憶に間違いはないだろう。それに芙美は個性的だから一度会ったら忘れることはないだろう。

「半月程前だったかなあ。仕事場に来た」

疑問符が、香菜子の中を駆け巡る。

「もう、いいか。気のせいだったかもしれないし、他人の空似《そらに》ということもあるし。そんなこと、香菜ちゃんは何の興味もないだろうし」

大介は、そこで芙美の話題を打ち切ろうとする。

「興味あります。大介のことだったら、私、すべて知っておきたいの。どこで、どう知り合ったのかを教えて」

大介は香菜子の気迫《きはく》に押されたようで、目をぱちくりさせ、それから「わかった」と続けた。

ひょっとしたら、大介は香菜子に誤解を与えたと思ったのかもしれない。だから、こう付け加えた。

「別になんでもない女の人だからね。香菜ちゃんは安心していいよ」

「別に、心配はしていません。ただ、そんな話は聞いていなかったから。私は、大介のことにはなんでも興味あるの。だから知りたいだけよ」

そう言われると、大介は、わかった！　というように頷く。

「二週間くらい前だったかな。所長が、『今日訪ねてくる客に会ってあげてよ』と言うんだ」

大介は設計事務所に勤めている。

「所長に、ぼくが会うんですか？　と尋ねたら、先方のご指名だからって言うんだ。そして、訪ねてきたのが、彼女だったんだ」

「何しに来たの？　大介に会いに？」

「なんか、カフェを開きたいと言ってたなあ。古い洋館タイプの建物があって、そこを利用したいからって。建物の写真を何枚か持ってきていた。正直ぼくは建物を設計する方だから、この話は専門外だと思って断ることにした。インテリアの設計専門の方をご紹介しましょうかってね。だけど、なんだか、話が要領を得ないんだ。で、どうして私を訪ねてこられたんですか？　と聞いたら、紹介されたと言って、ぼくの知らない人の名前を出された。知らないと言ったら、紹介してくれた方は、すごく中川さんの能力を評価されていると。そして、その方はあなたの奥さまのことも褒めておられたって」

「私のこと？」

「他に誰がいるんだい」

「その方の名前はなんていうの？」

笠陣芙美と言わなかった？　と口に出かかったが、あわてて抑えた。

「たしか、名乗られたけど、平凡な名前だった。名刺も渡されなかったしね。縁があるなら、また訪ねてくるだろうと思ったから、変だなと思ったのは、プライベートなことをよく質問してきたことかな」

「どんなことを？」

「休みのとき、香菜ちゃんとどんなふうに過ごしているか、とか」

「変なの。変だと思わなかった？」

「女の人の普段の会話ってどんなことを話しているのか、よくわからないからなあ。そんなものなのかなあ、と思ってはいたよ」

芙美に違いないと香菜子は確信する。大介がどこに勤めていたかは、少し調べてみればわかったはずだ。あるいは、香菜子自身が、芙美に話していたかもしれない。芙美が大介に語ったのは、ほとんど嘘っぱちだろう。大介が覚えていない平凡な名前も、おそらく嘘だったのだろう。

「今度、奥さん孝行で、一緒に温泉へ行くんですよ、とは言ったなあ。そのくらいは、口を滑らせたかもしれない」

しかし、ここに泊まっているということは、それだけでは芙美にはわからないはずだ。

「あっ。そういえばあのとき事務所にここから電話があったことを思いだした。予約確認の電話だったから、席をはずして、電話に出たよ。すぐに切ったんだけど、席に戻ったとき、この温泉宿に行くことは軽口で言ったと思う」

電話で日時も口にしたろうし、連絡船のことも出たのではないか、と香菜子は思った。

そうだとすれば、芙美がここに現れたこともわかる。過去へ跳んだ香菜子の行動を監視し、度を越すことがないように釘を刺そうとしたのだ。

「だから、ここに現れたのかな？　まさかね。テレビのミステリードラマでもないのにね」と大介は頭を掻いた。まともに考えれば、とてもありえない話だ。

「だから、ぼくの見間違いだったかもしれないけど」

「うん。わかった。ありがとう。ちゃんと話してくれて嬉しかった」

そう言いながら、逆に香菜子は自分がほっとしているのを感じていた。だって、そうではないか。今、大介から聞いた話をまとめてみると、芙美が目的不明ながら大介の仕事場に現れて、しかも根子島までやってくるという行動には、執念《しゅうねん》のようなものを感じてしまう。香菜子が機敷埜老人と接触したことを知って、忠告するためだけにここまでやるのだろうか。タイム・パラドックスを引き起こしかねない行為をしているのは、断然、芙美の方ではないか。

本来の大介の人生の中には、芙美は登場しなかったはずだ。それだけでも大介の運命の流れを大きく変えていく要因になるのではないか。芙美が運命を変えないように、と香菜子に忠告しても、運命を変えてしまうのは芙美の方かもしれないではないか。そう思ったからだ。

芙美に私を責める資格はないわ。

香菜子はほっとすると同時に、そんな考えが生まれているのも感じていた。

「どうしたんだ。香菜ちゃん。急に笑顔になって。なんだか、さっきと人格が変わったみたいだ」

そのとき主人がフレンチトーストと焼きたてのアップルパイ、それにコーヒーを運んできた。そのにおいと共に、香菜子は幸福な気持ちになった。なんだか、今まで心の隅でもやもやしていた霧が晴れたような感じだった。

そうだ。もっと、大介との時間を自由に楽しく過ごしてみよう。

そう、気持ちが切り替わった瞬間だった。残された二日間は、訪れる運命のこともデイ・トリッパーのことも、機敷埜老人や芙美のこともすべて忘れて、目の前の大介と一緒に、楽しい時間を過ごそう。

そして、根子島の温泉宿で過ごしたそれからの時間は、一時も大介から離れることはなかった。朝食の後は二人で湯に浸かり、海辺に出てそぞろ歩いた。猫たちを木陰で見かけては一緒に遊び、堤防で釣糸を垂《た》れる子どもと他愛ない話をした。

暑くなると宿に戻り昼寝をした。そんなにゆったりした時間を過ごしているつもりでも、お昼が来るのは早かった。

昼食は亀の湯休憩室に行った。亀の湯休憩室もたまやの一部だと聞いていたからだ。注文を聞きに来たのは「オーベルジュたまや」の主人の父親だった。二人の顔を見ると老人は心底嬉しそうだった。

「おお。三食洋食だと飽《あ》きますよねぇ。今日の昼はここ、わしが当番だから。何にするかね」

老人は昨日のワイシャツに蝶ネクタイではなく、半袖の下着に紺の前掛け姿だった。肩にはタオルがかかっている。その姿は、本来そうあるべき老人の姿だ。あまりにもぴったりと決まっていた。ここここそが老人の居場所であるということがわかる。

しかし、何にするかね、と問われても、壁にはチャンポンと定食いろいろ、としか書かれていない。大介が「迷うなぁー」と漏らす。「やはり名物のチャンポンかなあ」と。それから、大介は老人に「おすすめは何ですか？」と尋ねた。

すると、「腹は減ってるかね？」と老人が問い返す。

「朝食がすごい量のご馳走だったので」

そう答えると「刺身定食にしなさい」と老人。

「じゃあ、それを二人分」と大介が言うと、老人は「いや、一人前で充分でしょう」と答えた。

しばらくすると、老人が料理を運んできた。香菜子は、「一人前で充分でしょう」の理由がわかった。空腹ならともかく、一人前にしてはかなりの量だった。香菜子にも小皿をくれる。二人で分けて食べろということだろう。

皿に刺身が大量に盛られていた。丁寧な盛り方ではなく、刺身がうずたかく積まれているという感じだった。とにかく量が半端ではない。それに炊き立てのご飯が丼いっぱいに盛られ、それから煮物が一皿ついてきた。魚のあらを煮たものだ。そして味噌汁、大根とタコのサラダ。

「今朝、届いた鯛で、それが大きいの何の。見事だったあ。鯛は根子島の名物だから。あら煮も鯛で、これはサービス。刺身を食べ飽《あ》きたら、醤油をかけて、漬《づけ》にして鯛茶漬作って食べればいい」

まさに、一人前でも二人で食べきれるかという量だった。

「仕事するわけでもないなら、ビールが合うぞい」

大介と香菜子は顔を見合わせた。

「じゃあ、ビールお願いします」

それからも、ゆるゆると時間が流れていった。刺身は新鮮ゆえに身が縮んでいてぷりぷりとした食感だった。大介が注《つ》いでくれるビールを香菜子も遠慮なく飲む。

「いつも、この時間は必死で計算して、図面引いているんだよなあ」と大介がしみじみとした口調で漏らした。

「香菜ちゃんは、家の掃除しているくらいの時間だろ。何だか、こんな明るいうちにビール飲んでいて、嘘みたいだし、後ろめたいよなあ」

あら煮もほどよい甘辛さで、本当においしいと香菜子は思った。鯛の巨大な頭から身を丁寧に剝《は》がす。そして大介に言う。

「休みなんだから、仕事のことは思いださないの！」

「いやあ、仕事の手がふっと止まったときは、温泉でも行きたいなぁという考えがよぎるし、こんな幸福な時間を過ごしているときは、仕事のことを思いだしてしまう。人間ってホント勝手なものなんだなあ、と思うよ。あ、お父さん、ビールをあと一本いいですか？」と老人に叫んだ。

「幸福な時間？　幸福？」と香菜子が問い返す。

「ああ、幸福だよ。断言！」

次のビールが運ばれてきたとき、今風呂から上がってきたばかりの中年女性が三人、食事処の休憩室に入ってきた。三人は、冷蔵庫からビールを取りだし、勝手知ったる感じでコップも置く。常連だとわかる。「お父ちゃーん。上がったよー」と一人が叫ぶと、注文も聞かずに、小皿に盛った料理が運ばれてきた。

女性の一人が香菜子たちに気がついた。

「おやあ、こんにちは。根子島は初めて？」

「いいとこでしょう。のんびりしてるね」

「ご夫婦ですかあ？」

三人が同時に声をかけてきた。どう反応していいかわからずに、「どうも」と香菜子は頭を下げる。大介はどのような反応をするのだろうと思ったら、やはり人あたりがいい。

「初めて来ましたが、いいとこですねえ。ゆっくりさせていただいてます」と答えていた。

それから最後に「妻です」と香菜子を紹介する。香菜子は、もう一度、頭を下げた。

老人が顔を出し「たまやに泊まっとるお客さまだから、あんまりいじらんでおいてください な。街の人だから」

「ああら」と女性たちは顔を見合わせた。好奇心に火がついたらしい。「子どもさんは？」

「いいえ。まだ、子どもは」と大介が答える。

「そりゃあ、早いうちに作ったほうがいいわよ」

中年女性たちにはこの世に怖いものは存在しないかのようだ。香菜子だったら恥ずかしくてとても口にできないことまで平気で尋ねてくる。

「ねぇ。ちゃんと家族計画、話し合ってるの？」という質問は香菜子に向けられたものだ。三人の女の視線が、彼女を刺していた。香菜子は、その迫力に思わずごくりと生唾を飲み込んでいた。

代わりに大介が答えた。

「ええ。そろそろ、子どもが欲しいねって話しているところです。今回、こちらに休暇で来たのは、そんな目標もあるものですから」

大介の答えがツボだったのか、三人の中年女性は声をあげて笑い、「そうだよ。そうだよ。その意気だよ」とテーブルを叩いて喜んだ。香菜子は照れくさく、うなずくことしかできなかったが、大介の答えが嬉しくてならなかった。

大介のことが余程気に入ったのか、それから中年女性たちは、代わる代わる二人にビールを注ぎにきた。おまけに大介に握手まで求める始末だった。どれだけ飲まされたのか、はっきり覚えていない。数本のビール瓶が、畳に転がっていた。しかし、それからすぐ、香菜子の酔いは一瞬にして醒めたのだった。

中年女性の一人が、大介と握手をしたときのことだった。その女性は一番年長らしかった。痩せていて、不思議な形のネックレスを身につけていた。彼女もほろ酔い気分で大介の手を握った。

「あら、ら、ら」と呟く。彼女の表情からみるみる笑みが消えた。それから、大きく息を吐いた。「こりゃあ、何と言ったらいいんだろうねぇ」と困ったように漏らした。

「えっ？　どうしたんですか？」と大介が奇妙に思ったのか問い返す。

年長の女は、う……う……、と低い呻き声を漏らす。「気分が悪いんじゃありませんか？」と大介はもう一度声をかけた。

連れの女性が「何か見えた？」と心配げに尋ねた。もう一人が、大介と香菜子に、大きく首を縦に振ってみせた。

「この人はね〝ぴったりさん〟なんよ。ネコ神さんのところの人だからね」

「はあっ?」香菜子にはよく意味がわからない。わからなくてもなぜか不安はつのる。

「ぴったりさん……ですか?」

「ああ。いつもは、私たちと変わらない。でも、ときどき、ぴったりさんになるんですよ。ぴったりさんはネコ神さんが降りてきたとき、なんでも見えるようになる」

一人が、そう解説した。

年長の女性、ぴったりさんは、ゆっくりと大介から手を離した。それから、何か言いたげに口をもごもごさせる。それから言った。

「帰る前に、ここの根子神社にお詣《まい》りしていきなさい」

香菜子には感じるものがあった。ぴったりさんには大介のことが見えたのだ。大介の未来が。

「夫に何か起こるんですか?」

たまらずに香菜子がそう尋ねると、ぴったりさんは、やっと口を開いた。

「何かはわからない。でも、ただごとじゃない気配が伝わってきたんですよ。事故か、仕事のトラブルかは、わからん。本人は気づかなくても身体はその気配を察してる。だから、その邪気《じゃき》を祓《はら》っといた方がいいと思ったのですよ」

きっと大介に忍び寄ってくる病のことに違いないということは、わかる。

「ありがとうございます」と大介が、ぴったりさんに言った。「充分用心します。だって私は今、どうかなるわけにはいかないんですよ。私がどうかなってしまったら、妻は一人になってしまう。妻を守る人が誰もいなくなるんですから」

その大介の言葉を聞いた途端、堤防が決壊《けっかい》したように香菜子の目から涙が溢れて止まらなくなってしまった。思わずテーブルの上に置かれた大介の腕を掴んでしまっていた。

「ごめんよ。奥さんを泣かせてしまう気は毛頭なかったんだ」

申し訳なさそうに、ぴったりさんが、立ち上がった大介と香菜子に深々と頭を下げた。

部屋へ戻るとき、大介が言った。

「気にしない方がいい。まさか泣きだすとは思わなかった。あんなこと信じないよ。気にしないで」と。大介は、そんな予言は非科学的だと考える方なのだ。信じちゃいないよ、とひとりごとのように繰り返していた。

それからの時間は、香菜子にとっては、蜜月《みつげつ》のときだった。気がつけば日をまたいでおり、あれほど二人が待ち望んだ休暇の終わりが近付いていた。「オーベルジュたまや」はやはり最高のチョイスだった。

宿を出ると、来たときと同じように老人が二人の荷物を持ち、渡船場まで見送ってくれようとしていた。手を振る主人夫婦に別れを告げ、港へ向かう。そして根子温泉にさしかかったとき、香菜子は立ち止まった。それから大介の掌を握る。

「ねえ。大介いい？」

その返事を待たずに振り返って老人に尋ねた。

「ネコ神さんって遠いんですか？」

老人は、少し首を傾げ、「ああ」と頷く。

「根子神社かね。遠くないよ。船の待合所の裏に坂がある。その坂を上りきると、根子神社だ」

連絡船は一時間に一本はあると香菜子は宿で聞いた。だから、「ねえ、大介。根子神社に寄っていい？　坂を上るから少し汗をかくかもしれないけれど」と言ったのだ。次の便にしてでも行っておきたいと。

大介が、それを断る理由は何もなかった。

「ああ、いいよ」と返ってきた。

老人には礼を述べて帰ってもらい、二人は坂を上り始めた。お宮は見えないが、老人の言葉を信じれば、数分で着くに違いなかった。

午前中とはいえ、坂道を歩きながら香菜子は首筋を汗が伝っていくのを感じていた。その前に大介の広い背中がある。そして彼の右手が香菜子に差し出される。顔は坂の方に向いているので、大介がどんな表情をしているのかわからないが、手を引いてあげるよというように指をぴょこぴょこと動かしてみせる。それから、「疲れたろう？　息切れない？」と振り返りもせずに尋ねてくる。そんなお茶目な大介が大好きだと思う。

坂を上りきったところから、視界が開けて海が広がる。振り返ると、そこも海だ。いかに根子島が小さな島だったのかということが、よくわかる。

道の右手に二本のアコウの樹があり、その間を細い道が続いていた。鳥居《とりい》があり、その奥に神社があった。これが、ネコ神さんのお宮のようだった。名前が根子神社ということであって、猫を祀《まつ》ってあるわけではないようだった。代わりに大鯛を抱《かか》えた恵比寿像が鳥居の横に飾られていた。ということは、この島の主産業である漁業を守護する神社なのかと香菜子は思った。あまりにもこぢんまりした神社だし、誰を祀ってあるのかなどの縁起が書かれた掲示板もない。お宮の左斜面に民家が一軒建っていた。そこから、人の気配がした。女性が一人出てくる。その女性は昨日のぴったりさんだとわかった。

二人に駆け寄ってくる。「やはり来たね。よかった。よかった」と言った。

「わかっていたんですか？」と大介が尋ねた。

「なんとなくねえ。もうお詣りしたの？」

「いえ、これからです」

ぴったりさんに連れられていくと、お宮の後方に巨石があり、お宮は地面から巨石が突き出た部分のぎりぎりのところに建てられていることがわかった。

「穢《けが》れを浄化してくれるから、お詣りしなさい。昨日、帰ってから私も祈禱《きとう》しておいたから」

「私たちのことをですか？」

「もちろんだよ。かなり祓えたと思うが、自ら清めていただくことが大事だからね」

結局、香菜子は、ネコ神さんの主神が何かはわからぬままに、二礼二拍手一礼をする。

その瞬間、香菜子はお宮の奥から冷たい風が吹いてきて頬を撫でるのに気づいていた。

パワースポットでは霊気を感じると聞く。これがそうなのか、と思う。お宮の奥に岩壁を見ることができた。岩壁は縦に亀裂《きれつ》が走っていて、壁の奥まで闇が広がっているようだ。冷たい風は、そこからのものだった。

「感じた？」と香菜子は大介に尋ねる。大介も「うん」と答えた。

ぴったりさんが、隣で「まあ、できることは、やったわけだから、あとはしっかり二人で頑張って。少しでも邪気を消さんとね」

大介と香菜子は、ぴったりさんに頭を下げた。

「これで、夫は大丈夫なのですか？」

香菜子は、そう確認した。ぴったりさんは、少し肩をすくめてみせる。

「なんでも、これで大丈夫ということはないんだよ。今、私たちでやれることは、全部やったということ。これで何も起きなければいいが」

二人は根子神社を後にした。少し、香菜子の気は軽くなったように思う。大介の安全の保証が得られたわけではないが、あのまま船で根子島を去ってしまえば、後々まで後悔を抱《かか》えこんでしまったような気がする。

帰りの連絡船の中で、大介がこの話題に触れることはなかった。根子島でぴったりさんに案じられた運命のことなど眼中にないようだった。「気がすんだかい」とだけ、香菜子に言ったということは、あくまで、香菜子につきあったということだったのだろう。

帰りの連絡船は、便を一つ遅らせたからか、乗客は香菜子たちだけだった。申し訳なく思った。

連絡船が海上を滑るように走り始めてから、唐突に大介が尋ねてきた。

「もしも、香菜ちゃんがおめでたになったら……、えーと。あの、そういうことはいつくらいにわかるのかな?」

大介が言葉を選んで恥ずかしそうに言っているのが、香菜子にはよくわかった。その証拠に大介の耳たぶが赤くなっている。他に乗客がいないから、そんな質問ができたのかもしれない。しかし、香菜子は、そんなふうに尋ねてくれる大介の気持ちが嬉しかった。子どものことを楽しみにしてくれている。

「私もよくわからない。でも、わかったら、すぐに大介に教えます」

そう答えた。大介は、ほっとしたように目を細め、「うん」と頷いた。

視線を外に移すと、船の窓に波しぶきがかかるのが見えた。そして、ぼんやりと思う。あっという間の三日間だった。いろいろなサプライズがあったが、幸福な時間だったと香菜子は感謝した。そして、大介が望んだことが一つ叶えられたことになるのだ。ひょっとして、違った運命が動きだしてくれるのだろうか？

わからない。わからないが、香菜子は、そう願うしかない。

思わず、香菜子は大介の手を強く握る。大介が驚いて香菜子の顔を覗き込んだ。

14

数日が経った。楽しかった小旅行の思い出を辿ると、映像として浮かぶのは連絡船の船室での大介のやさしい眼差《まなざ》しだ。香菜子はそんなとき、無意識のうちに自分の腹部に手をあてていることに気づく。自分でも笑顔になっていることがわかる。

つい先日の温泉旅行だったのに、もうずいぶん前のできごとだったような気がする。

日常に戻った翌日に、香菜子は結婚披露宴の案内状を受け取った。

「ああ、もうこんな時期になったのね」と香菜子は呟いた。

高校時代からの親友、安井沙智からだ。まだ、案内状では旧姓の永田《ながた》沙智になっていた。

このあと、中原まいの結婚も続くんだな、と思いだす。

そういえば、沙智やまいと、この頃に連絡をとり合って一度会っていたわね、と思ったときだった。

電話が鳴った。それが、まいからの電話だった。香菜子はそのシンクロニシティーに驚いていた。

「今、まいのことを考えていたの。びっくりだよ」

「お久しぶり。沙智から結婚案内状が届いたでしょう」と、まいは開口一番そう言った。

「そう。そのとおり。だから、まいのことを思いだしたんだよ」

まいは、豪快にからからと笑った。思わずこう言ってしまった。

「まいも、準備進んでる？」

「えっ？　何の？」

「まいの結婚式」

「えっ？　どうして香菜子が知っているの？　私、言ったっけ」

香菜子は、そう言われて、しまったと思う。未来の自分の記憶を引き継いでいるから、当然のように口にしてしまったけれど、ひょっとしたらこの時点の香菜子は、まだ、まいの結婚話については、まったく知らなかったのではないか。

「あれっ。私、勘違いしていたのかも。そんなこと言っていなかったっけ」とあわててごまかしたが、うまくいったかどうかはわからない。ただ、電話の向こうでまいがしばらく沈黙しているのがわかった。

「どうしたの？　まいが、気分悪くしたのならごめん。で、用事は何だったの？」

ふっと思いだしたようにまいが答える。

「あのさ。沙智から連絡入ってね。話していたら、どうも気持ちが落ち込んでいるみたい。で、少し心配になったの」

「えっ、そうなの？」

「うん。なんだか、香菜子のところにも電話したようだけれど、通じなかったみたい」

それは、香菜子が大介と根子島を訪れていたときのことらしい。家の電話にかけてもらっても当然出られなかったし、根子島は携帯電話の電波が悪く、通話圏外のことが多かった。そのことを正直に香菜子はまいに伝えた。

「沙智は、どうしたのかしら」

「ほら、結婚が近づくと、不安になったり落ち込んだりするいわゆるマリッジ・ブルーじゃない？　だから、沙智は香菜子にまず電話したんじゃないかしら。香菜子なら結婚生活の先輩だから、いいアドバイスがもらえると思ったみたいよ」

マリッジ・ブルーというものは、結婚前の香菜子は知らなかった。結婚した後、雑誌かテレビで知った気がする。

結婚が決まるまでは幸せの絶頂なのに、いざ結婚が決まるといろいろなことを考え始めて不安になってしまう、というのだ。結婚式の準備にまつわるストレスもそうだし、新しい環境へ入ることの不安もある。そして、新たなパートナーとなる彼のことも、改めて考えてしまうという。果たして、この人でよいのだろうか、と。それらのすべてがのしかかってくるのがマリッジ・ブルーだ。

マリッジ・ブルーという言葉を知ったとき、香菜子は自分が結婚するときのことを思い返してみたことがある。

香菜子は自分がマリッジ・ブルーになった記憶はまったくなかった。

大介と一緒に暮らすことになる、というワクワク感しかなく、大介とうまくやっていけるだろうかという心配は微塵《みじん》もなかったと思う。

「だから、久しぶりに三人で会おうよ、ということになったのよ。私はいつでもいいよ。二人に合わせるから。土、日はご主人休みなんでしょ。ご主人が休みのときは都合が悪い？」

大介が自由な時間は、可能な限り一緒にいたいと思っていた。香菜子にとって大介のいる時間は有限だという気持ちがある。もし、運命が変わったにしても、大介と一緒に過ごす時間の貴重さは身に沁《し》みている。

「うん。私は主人が休みのときはできるだけそばにいて、彼の世話をすることにしているの。よかったら、土日以外の昼間にしてもらえると、ありがたいなあ」

まいは「ごちそうさま」と言った。

「じゃあ、平日のどこかで沙智と調整してみるね。一緒にランチしようね」

結果的に、その週の金曜日に三人は集まることになった。まいによると、沙智は一刻も早く二人に会いたい気分だったのだという。

約束の場所は、いつもまいが指定するホテルだった。

香菜子にとって、前回訪れた記憶は大介がこの世を去った後のことだ。仲良しの二人に会うために気力を振り絞ってきたのだ、ということを思いだす。

沙智の結婚式の前に、このようにホテルを訪れていたのだろうか？

記憶があやふやだ。

来たような気もするのだが、確信はない。しかし、前回二人に会う前に、自分が泣き腫らした目になっていないかどうか化粧室の鏡を見ていたときのことが忘れられない。

到着したのは、約束の時間ぴったりだった。いつもロビーで待ち合わせ、その日の気分で食べるものを選ぶ。

ロビーに入ったとき、香菜子は無意識に周囲を見回していた。

思わず「いけない。いけない」と自分に言い聞かせる。ひょっとしたら芙美の姿があるのでは？　と捜してしまったのだ。この時点ではおたがいの存在を知らないはずなのに、そんなところを芙美に見られてしまったら、タイム・パラドックスの引き金となるような行動だと非難されるに違いない。

少なくとも、香菜子が今、無意識に見回した限りでは、芙美の気配はないようだ。それだけでも、ほっとする。

ロビー中央のソファには、すでに沙智とまいがいた。沙智は香菜子の姿を見て、待ちかねたように立ち上がった。まいは目を細めてひらひらと両手を振っていた。

香菜子は二人に駆け寄って「沙智おめでとう！」と言う。

沙智は感極《かんきわ》まった様子で、目頭を押さえていた。香菜子が大丈夫よ、と肩を叩いてやる。

「香菜子ごめんね。呼びだしちゃって。でもありがとうね」

まいが、今日は和食の気分だと言って、地下のレストランを選んだ。香菜子も沙智も異存はなかった。

「昼間っからだけど、ビールを飲みたい気分よね」とまいが席に着いた途端に言いだした。それが、沙智に気を遣ってのことだと、香菜子にもわかる。

沙智はビールが大好きなのだ。

「お久しぶりね。乾杯」

グラスを合わせると沙智に笑顔が戻った。大介が逝った後に呼びだしてくれたときも、二人は私に気を遣ってくれていたんだと、よくわかる。それだけに、二人の友情がありがたかった。

最初は、おたがいの近況を断片的に報告しあう。沙智に関しては、彼女自身が口を開くまで二人から何か尋ねたりはしない。ただ、香菜子は沙智に対して、「ごめんなさい。私にも連絡をくれていたみたいで。ちょうど、旅行している頃だったんじゃないかと思うの。だから、まいから連絡があるまで知らなかったの」と言った。

沙智は話している限り、香菜子が知っている明るいイメージのままだった。とても落ち込んでいるようには見えない。

久々に香菜子やまいに会えたことで安堵《あんど》したのだろうか？

何も心配することはないのよ。結婚したら未亡人になった私を励ます役に回ることになるんだから。香菜子は、本当はそう言ってやりたいくらいなのだが、まさか、そんなことを言うわけにはいかない。

沙智は、香菜子に気にしないで、と言うように首を横に振ってみせた。

それから、香菜子に「ひょっとして、病院に行ってたのかな、と思った」と言った。

えっ？　沙智は何を言っているのだろう、と香菜子は思う。大介は、まだピンピンしている。どうして、そんなことを言うのだろう。

「そろそろ、おめでただったりして」

そう言って、沙智は悪戯っぽい笑みを浮かべてみせた。香菜子が何も答えられないでいると、「どうしたの？」と沙智が心配そうに眉をひそめた。そうだったのかと香菜子はようやく理解する。病院というのは、大介のことではなく私のことだったのか、と。沙智を心配させたのだとしたら、今、私はいったいどんな表情をしていたのか。

「だったらいいけれど、なかなか兆《きざ》しがないの」と答えた。

「そう」と沙智が頷く。「だってさっきロビーで待っていたとき、香菜子は左手で自分のお腹をさするようにして入ってきたじゃない。だから、ひょっとしてと思ったというわけよ」

香菜子自身は、そんな意識はまったくなかった。だが、ひょっとして無意識のうちに、願望がそのような仕草になって出たのだろうか？

沙智は、ビールをくいと飲む。すっかり、マリッジ・ブルーはふっ飛んだようだ。やはり一人でいろいろと思い悩んでいると、物事を負の方向へと際限なく考えてしまうのではないか。

まいが、自分の近況を話し始めた。教え子の発表会のレッスンで苦労していること。そして通って教えている教室が、片道一時間半かかるから大変だという愚痴。二人の会話は覚えていない。ただ、大介が亡くなった後に三人で集まったときは、教えている教室が近くになったという話をしていたな、と思う。もうすぐまいは、通うのに便利な教室に換わるわ、と言ってやりたい気もしたが、もちろん黙っていた。

すると、まいが、今度は香菜子に話題を向けた。

「香菜子の結婚生活について話してあげたら。香菜子、充実した毎日を送ってる？」

「ええ、もちろん」

そう。今の自分と大介との暮らしを正直に話してやればいいのだ、と香菜子は思う。それこそが沙智のマリッジ・ブルーを解消させる一番の方法だ。

マリッジ・ブルーはまったくなかったが、結婚式の準備にはいろいろ悩んだり迷ったりしていたことを香菜子は話した。ただ、イベントが終わり、日常生活に入ってみればどうでもよいことで迷っていたことに気づいた、と。案ずるより産むが易しと言うじゃない。沙智にそう話しながら香菜子は結婚当時のことをいろいろ思いだしていた。自分たちはできるだけ簡素に式を挙げようと、親戚の招待客も最小限にとどめた。それでも、さまざまな問題が出てきたっけ。結婚式のことだけではなく、新しい住まいのこと。引っ越しのこと……。結婚を決めた日から思いもよらなかった問題が次から次に生じたのだった。大介は、基本的に問題が生じれば、その都度、解決法を一所懸命に考えてくれた。

それは、ありがたかった。

だが、大介の知らなかった一面を知ることもあった。それは、香菜子が結論に迷い大介に相談すると、時折、大介が無口になってしまうこと。大介は、凍《こお》りついたように口を閉ざし、無反応になるのだった。しばらく大介がその状態でいるので、香菜子は無視されているような気持ちに陥る。しかし、突然、大介の顔に感情が蘇《よみがえ》る。そして、先刻の香菜子の問いかけに答える。

そこで、香菜子は知る。大介は香菜子を無視していたわけではなく、香菜子から持ちかけられた問題の解決法を必死で考えていたのだということを。あまり一所懸命に考えると、周囲が目に入らなくなり、内にこもってしまうのだ。それは、彼の真剣さゆえであることを香菜子は、それまでまったく知らなかった。

ただ、戸惑うことはあっても、新たな一面を知ることは嬉しくもあった。こういうことを繰り返しながら家族になっていくのだとも感じた。

思いつくままに語ると、沙智はグラスを手にしたまま何度も頷く。

沙智にも同じようなことがあったのかもしれない。徐々に、沙智の表情がほぐれていくように感じた。

「やっぱり、今日は二人に会えてよかった！」と沙智が安堵の声を漏らしたから、香菜子もほっとする。

「まい！　香菜子！　本当にありがとう。こんなとき頼りになるのはあなたたちだわ。これからも、ずっと、よろしくね」

すると、まいが「もちろんよ。私は、まだ結婚していないから、アドバイスしても話に重みがないと思ったの。だから、香菜子よ。香菜子の体験談、迫力あったでしょう」

「あった。あった。でも、まいも耳年増だから、結婚していなくてもいろいろ知っているんじゃないの」

「そんなことないわよ。同じ話をしても、人妻の香菜子が話してこその、迫力というものがあるのよ」

それからは、沙智が、式と披露宴の予定について語った。

香菜子は、沙智の話を聞いていると、沙智がマリッジ・ブルーになるのも当然と思えてくるのだった。香菜子と大介は、すべて二人の話し合いで結論を出していた。いろいろ問題は持ち上がるものの、その都度、大介と知恵を出し合えば解決することができた。

ただ、沙智の場合は、その問題が沙智と彼だけでは解決できないものも多いようだった。香菜子のときと違い、出席者の数が桁違いに多い。それは、両家の親族の出席者も多いということだ。すると両家の家風、あるいは考え方の相違も生じてくる。

そこで生じた摩擦《まさつ》を二人で解決しようとすると、かかってくるエネルギーも自分のときとは比較にならないと思えてきた。

すると、そこまでは言わないものの沙智のストレスは相当なものだろうと、香菜子は少し心配になるのだった。

しかし、沙智のそんな苦労もヤマを越えようとしているようだ。それがわかって、香菜子も、ほっとする。

沙智が今度は話題をまいに向ける。

「まいは、どうなの？　学生の頃から何人も男の人とつきあってきたから、目が肥《こ》え過ぎたんじゃないの？」

「なにが？」

「結婚よ。結婚」

沙智に問われて、まいはチラと香菜子を見る。香菜子がまいに結婚の話題を振ってしまったときのまいの反応のことを知っているから、香菜子の様子が気になったのだろう。香菜子は表情を変えずに、まいの反応を待った。

「結婚ね。時機が来たら、私もするわよ。別に目が肥えるとか関係ないと思う。本当に好きな人ができたら、経験とか理屈とか関係なくなっちゃうと思う。私が早く結婚した～いと思う結婚を、沙智は早くしてよ」

まいは大人な答えを返していた。沙智は少しびっくりしたようだった。

「まいは、もっと打算的に結婚を考えているかと思っていたけど、予想外に乙女のようなこと言うからびっくりしちゃったあ」

「あら。昔から、こうだったじゃない。今頃びっくりしてどうするの？」

そこで、三人は声をあげて笑った。香菜子の記憶では、まいは沙智が結婚した一カ月後に、自身の結婚話を披露することになるはずだった。もちろん、香菜子がまいの結婚について触れ、彼女を驚かせたことでもわかるとおり、まいの結婚話はまだ表明するほど煮詰まっていないということだろう。

三人とも表面では声をあげて笑っているのだが、それぞれ心の奥では、引っかかるものを抱えているのだろうと香菜子は思う。しかし、それはそれとして、沙智やまいとの友情が、貴重なものであることは、間違いない。

それからは他愛ない世間話が続いた。

沙智もまいも目を細めて、口に手をあてて楽しそうに笑う。話題もテレビでお気に入りの俳優のことだった。

香菜子の正面にならんで座る沙智とまい。二人を見ていて、ふっと頭をよぎった光景があった。

あのとき……大介を亡くしうちひしがれていた香菜子を、なんとか二人で元気づけようと呼びだしてくれたときだ。

そしてその後、初めて笠陣芙美に会ったのだった。

そこまで考えた瞬間、香菜子は自分の目を疑った。

沙智とまいは同じように目の前に座っている。なのに、二人が急に心配そうな表情に歪んでいく。なに、これ？　と瞬きすると二人の表情は和やかな元の表情に戻っていた。

いや、表情だけじゃない。

二人が着ている服も違った。春の服だったではないか。

あのとき二人が着ていた服だ。大介が亡くなった後に二人に会ったときの。たしかにそうだ。

目の錯覚《さっかく》を起こしたのだろうか。

たった一瞬のできごとだけれど、たしかに見た、と思った。

それから、同時に気づく。

風を感じたのだ。

外の風が吹き込む場所ではないし、エアコンも風として感じられるほどではない。

頬に風を感じたが、感じたのは頬だけではない。かすかに背中にも、足元にも。そんな馬鹿な。服を着ているのに、背中に風を感じるなんて。

「どうしたの、香菜子」

まいが、香菜子の様子に気がついたらしい。

「えっ？　どうもしないわ」

「だって、びっくりしたような表情で私たちを見てたじゃない。そして、あたりを見回して。どうかしたの？」

まさか、二人の姿が、未来とだぶって見えたから、と言うわけにもいかない。

「いや、ちょっと風が」と答えた。

沙智とまいは不思議そうな様子で香菜子を見る。

「風？　そっちの席にエアコンがあたるのかしら？　こちらはなんともないわよ」とまいが言った。

「寒いの？　香菜子、熱があったりするんじゃない？」と沙智が案じる。

「ううん。大丈夫だよ。風は、もう感じないから」とごまかしたものの、沙智は、香菜子が風邪をひいたと完全に思い込んでしまったようだ。

それから、話もあまり盛りあがることなく解散になったのだが、香菜子は、二人に申し訳なく感じてしまった。場をしらけさせてしまった原因は、自分にある気がしてならなかった。突然変な態度をとってしまった結果でもあるのだろうから。

「じゃあ、また。沙智の結婚式は、楽しみにしてる」

香菜子はそう言って二人と別れた。

15

一人になって、自分が感じた現象の理由をいろいろと考えていた。

そのことを思いついたときは、歩いていた足が思わず止まった。

自分がいた未来と現在が融合しようとしている？

そんな考えが浮かんで、わけがわからなくなった。単に未来で同じような体験をしたことで、錯覚を起こしたということではないのか？

風は？　背中や頰に同時に感じた風は何を意味していたのだろう。

あのとき、しっかりしなきゃ、と自身に言い聞かせていた。だから、風を感じたことよりも、平静を保つためにはどうすればいいかということを優先していた。

もしも、あのとき、風に吹かれるまま、逆らわずにいたら、どうなっていたろうか。

未来と現在が融合するというのではなく、本来、自分がいた未来へ引き戻されてしまっていたのではないか。

風は、はじめは強く感じた。未来の沙智とまいの姿がだぶって見えたときだ。理由がわからず自分をしっかりさせようとすると、風の勢いが弱まったではないか。

未来へ引き戻される？

そんなことは、今まで考えもしなかった。このまま大介と暮らし、最後まで悔いのない形で彼を見送る。そう考えていたのではないか。歴史を変え、大介を救うということは、できないにしても。

今は、まだ大介との生活を失いたくない。

芙美は、いつ未来に戻ることになるのかということを香菜子には伝えていなかった。

しかし、さっきの風は、まさにその可能性を感じさせた。未来のあのホテルで、沙智やまいといたあの時間に飛ばされそうになったのではないか。

そう考えたときだった。

また風が吹いた。道で立ち止まった香菜子の顔に正面から。その風を受け止める。物理的な風ではないことを香菜子は悟った。

その風は、香菜子を遠い場所に連れていこうとしている。

遠い場所が、どこなのか、すぐにわかる。

その風に抗《あらが》うことなくいれば、引き戻されるに違いないことも。

何の希望もない世界だ。

大介が存在しない未来。

香菜子は、真っ黒いローブを身にまとった顔の見えない人物が宙に浮かんで自分に近づいてきている気がした。それは死神の姿にも似ている。だが、死神とも異なる。本来あるべき時の流れを矛盾から守るために動き回る〝時の神〟。現実に見たわけではないが、そんな何かが自分の周《まわ》りをふわふわと飛び続けているような気がしてならない。

まだ未来に飛ばされるわけにはいかない。

お願い。このままにして。

だが、さっきホテルで感じたときよりも風は強い。気をしっかり持たなくては。

香菜子は必死で意識を保った。

そして、同時に自分がデイ・トリッパーで過去に来たときのことを思いだしていた。

気をしっかり持っていれば大丈夫だ。きっと未来へ引き戻されるのは、自分が意識を失っているときだ。だって、この時間軸に来るときは薬を飲まされて眠り込んだときだったではないか。

意識をしっかり持っていれば大丈夫なはず。そう言い聞かせる。だが風は強い。

目の前が、一瞬だけ真っ白になった。

あっ、だめだ！　連れ去られる。

香菜子がそう思ったとき、風が急速に弱まっていく。

そのとき、やっと自分がどこにいるのかがわかった。大通りのバス停近くだった。

昼下がりの穏やかな陽差しが感じられた。もちろん、風は吹いていない。

「どうしたの？　身体、調子悪いんじゃない？」

と声をかけられた。

バスを待っていたらしい初老の婦人が心配そうに香菜子の横に立っていた。

「大丈夫です。ちょっと立ちくらみがしただけだと思いますから」

「そう？　体調が戻るまでベンチで休んだら」とバス停にあるベンチを指差す。

「ありがとうございます」

バス停にいた数人も心配そうに香菜子を見ていた。余程、体調が悪そうに見えたのだろうな、と香菜子は思う。お礼を述べて、香菜子は、その場を後にした。

体調はいつもどおりだ。風の気配はない。

もう、不吉な風に襲われることはないのだろうか？

香菜子は歩きながら、今、自分が体験したことについて考えていた。

これまで、デイ・トリッパーで過去を訪れて以来、こんな現象に見舞われたことはなかった。

何故、あんな現象が発生したのかはわからない。

しかし、沙智やまいとあのホテルで、未来のあの日と同じように会ったことが関係している気がしてならなかった。

同じ人々と同じ場所で同じような状況にいたことが引き金になったのではないか？　そんな考えがよぎる。

それだけなら、錯覚で済ませられるかもしれないが、同じ感覚にまた襲われたことはどう考えたらよいのだろう。

徐々に感覚が強くなって、自分の気力だけでは抑えられなくなるときが来るのではないか？

そうなれば、未来に飛ばされる。

いやだ。大介の側から離れたくない。まだ、ここを去るわけにはいかない。

真実はどうなのか？

わからない。

今の考えも、自分の想像でしかない。

確かめたい。本当に、元の世界に引き戻されようとしている現象なのかどうかを。

そして、もしそうであれば、どうすれば留《とど》まることができるのか？

知りたい。

だが、どうすればわかるのか？　誰に尋ねればいいというのか？

大介には絶対にばれることなく。

すぐに、機敷埜老人の顔が思い浮かんだ。

デイ・トリッパーを開発した本人だから、一番くわしいはずだ。

しかし、先日、会ったとき、デイ・トリッパーは不完全な状態だったというではないか。香菜子が遡時誘導剤のヒントを与えた段階でしかなかったではないか。機敷埜老人に尋ねたところで正しい答えが導きだせるとは思えない。

それに芙美にも釘を刺されている。


いったん帰宅してから、落ち着いて可能性を考えるべきなのだろうか？　とも思う。

沙智やまいと、いつかのように会って過ごしているうちに、記憶が本来あるべき時間と同調しようとし始めたのだろうか？

この記憶というのは、大介が死んでしまっている何もかもがカラッポの未来。そう、未来の記憶だ。

そして、感じた風。

全身で風を感じていたが、それは物理的な風ではない。

ホテルで食事をしているときの風は本当に吹いているかのようだったが、本当の風ではない、とわかり始め、道を歩いていて立ち止まったときに本当の風とは違うものだとはっきりわかった。

強い風が歩いている香菜子の正面から吹いてきた。顔に吹きつけてきて思わず立ち止まり、それでも、閉じそうになる目をしっかりと開けた。

まわりの樹や電線や看板も、何一つその風に揺れてはいなかった。

だから、香菜子の心に激しく吹きつけていた風だということがわかった。

それに気づいたときから、香菜子を未来へ引き戻そうとしていた風がなくなったような気がしている。

これから発生するかもしれない風に対処できればいいが。その有効な方法がわかればいいのだが。

まだ、時間が必要だ。

まだ、大介は発病していない。

その間に、やるべきことをやりたい。

自分は過去に跳んで幸せだったか？　もちろん幸せだった。しかし、これで、もう思い残すことはない、という気持ちには至っていない。

いや、どれだけ時間があっても、大介と一緒に過ごす時間に満足して、もういいとは思えないだろう。

高校生の頃、学校にお坊さんが来て講演をしてくれたことを香菜子は覚えている。その話の中で人間の宿命というべき八つの苦しみについて話してくれた。そのうちの一つに、愛別離苦《あいべつりく》というのがあった。愛する者と、別れなければならない苦しみ。高校生の香菜子には、まだ、ぴんとこなかった。しかし、その話は何故か、頭にこびりついていた。大介がいなくなってから、そのお坊さんが言っていたことの意味も実感できた。

人間として生きる以上は仕方のない苦しみなのだ、ということはよくわかっているつもりだが、あまりに苦しすぎる。

過去に戻る前は、「もう一度、大介に会いたい」という願いだったものが「もう、大介と離れたくない」というものに変化している。できれば、大介を救いたい。それが無理でも、発病を遅らせることはできないか？　そして、それも叶わないというのであれば、せめて最後まで大介の願いをいろいろ聞いてやりたい。

そんな気持ちが湧いている。

笠陣芙美と交わした約束からすれば、あまりにムシがいい願いだとは香菜子自身にもわかっている。デイ・トリッパーに乗る前に芙美から釘を刺されたことにあきらかに違反している。

ただ、今すぐに自分がいた未来の時間に引き戻されてしまうのは、あまりにも切なすぎる。

少なくとも大介と一緒に過ごす時間は足りていない。

どうすればいい？

いつ、風に引き戻されるの？

そのとき突然、芙美の表情が蘇った。

そうだ、出発する前に芙美に尋ねていたのだ。私は、いつ帰ってくることになるのですか？　と。

芙美はあのとき、こう答えた。

「身体が跳ぶわけじゃない。心が跳ぶから物理的な期限があるわけではありません。時機が来れば、香菜子さんが望もうが望むまいが、過去から引き戻されることになります。それがいつ来るかは、これについても伯父は言っていなかったわ」と。

突然、鮮明に思いだした。芙美の声までも聞こえたような気がした。そうだ、今はまだ機敷埜老人もデイ・トリッパーを完成させていない。完成していないのだから、現実に、過去に跳んだ心がどのように引き戻されるかわかるはずもないだろう。

だが、芙美はどうだろう？

根子島の温泉宿で会った芙美は、デイ・トリッパーの存在を知る未来の芙美だった。

直感で思った。あのときの芙美は、初めて過去に跳んできたわけではないのではないか、と。

香菜子を過去へ送り込んだときは、まだ、デイ・トリッパーの法則性をよく知らなかったから、あのように説明した。しかし、あれから、デイ・トリッパーを使って、ある程度のことがわかったのではないか？

そして、根子島で会った芙美はまだ未来に戻らずに、この時間軸にまだ残っているのではないか？　自分のことを見張っているのではないか？

香菜子がバタフライ・エフェクトを起こさないように、香菜子に気づかれることのないように。

そのとき、香菜子は、ある疑問を同時に抱《いだ》いてしまった。

そうだ。

この間までは、まったく風など感じなかった。突然、風を感じるようになったというのは、芙美の意志によるものなのではないだろうか。

根子島で香菜子に警告した芙美だが、それだけでは不安が拭えなかったのではないか。だから、あのときから香菜子を未来に引き戻そうと謀《はか》っているのではないだろうか。だとすれば、風を感じ始めた時機が根子島から帰ってきてからだというのもうなずける。

それなら未来へ引き戻す風を止めるには、芙美に頼むしかないということになる。

いや、何の根拠もない。自分の想像でしかない。本当か嘘かもわからない。

だが、もし、この感じている風が、自分を未来へ引き戻すものであるとすれば、これから風の力はどんどん強くなるはずだ。その力をなんとか防ぎたいと考えるならば方法は一つしか思い浮かばなかった。

この時間軸にいる芙美を捜しだして、彼女に相談することだ。

機敷埜老人は、まだデイ・トリッパー完成に至っていないし、未来では、もうこの世にはいない。芙美は、過去に数度跳んだ経験がある可能性がある。この風が芙美の仕業《しわざ》でないのであれば、どうすれば効率よくこの時間に踏み留まることができるか、その方法もひょっとしたら知っているはずではないか。

それから、いったん歩く足を止めた。

これからやることが決まった。

笠陣芙美に会おう。会って疑問をぶつけよう。それしかない。

歩きだしてから、また足を止めた。

しかし、どこへ行けば芙美に会えるのだろうか？

最初に未来で会ったのは、例のホテルで偶然に。そして、指定されて行ったのは、機敷埜博士の屋敷だったところを引き継いだ後のカフェだった。

香菜子は、どこを訪ねればいいか、まったく見当がつかなかった。

とりあえず、機敷埜博士邸を訪ねるしかないのではないか？

他になんの手がかりもないのだから。しかし、もしも、芙美が現れなければ、機敷埜博士邸へ行くことは、何の意味もなくなる。

芙美が機敷埜博士邸に頻繁《ひんぱん》に通うことになるのは、もっと後のことではないのか。

たぶん、芙美は、この街のどこかに住んでいる。

それは間違いない。だって大介の職場を彼女は訪ねているのだから。その数日後に根子島を訪れている。

間違いない。これは勘のようなものだ。

ふと思いついて、バッグの中を探した。

あった！

香菜子は、紙片を取りだした。

根子島の宿の領収書だった。

「オーベルジュたまや」とある。

携帯電話から、その領収書にある電話番号に電話をかける。

何度も呼出音が鳴る。

その呼出音を聞きながら、どう尋ねればいいのか、香菜子は必死で考えた。あわてて電話してしまったものの、まともに頼んでも教えてもらえないような気がする。

「はあーい」と電話の向こうで、声がした。

妙にしゃがれた声で、やる気なさそうに聞こえる。「オーベルジュたまやです」と明るい声が聞こえてくることを予想していた。しかし、この声は？

番号を間違えてかけてしまったのかと、香菜子は思ったほどだ。

「根子島のたまやさんですか？」と尋ねる。

「はあーい」もう一度声を聞いて、思いだした。

蝶ネクタイをしたたまや主人の父親の姿を。港まで旗を持って迎えにきてくれたではないか。朴訥《ぼくとつ》な島のお年寄りそのものだった。

主人や、その奥さんでなくてよかったと思う。かえって素直に尋ねることができるような気がする。

「あのう。私は先日、そちらにお世話になった中川と申します。夫婦で泊まったのですが」

「はあー。中川さん。はあー。なにか忘れものですかね。毎日、泊まりのお客さんは来るからぴんときませんが。中川さん、中川さん」

香菜子は、宿泊した日を告げる。

「お父さんですよね。港まで迎えに来ていただいた」

「えー。今、調べているとこ。船の客迎えはわしの役だから、だいたい全部のお客さん、迎えにいくよ」

そんな素っ気ない返事が返ってくる。お客さまのお迎えじゃなくて、客迎えと言ったりするところで、まだまだ接客に慣れていないことがわかる。

本当にわかるだろうか、と少し不安になる。あのとき記入した宿泊者カードはまだ保管してあるはずだし、それを捜しているのだろう。

「あ。あ。これかな。中川大介さん。二泊しておられるな。で、何でしたっけ」

「あのー。実は教えていただきたいことがあるのですが」

「はあ、何でしょう」と主人の父親は怪訝《けげん》そうな声になった。

「その日、もう一人、私たちと同じ日に宿に泊まったお客さんがいたと思うのですが」そこで一瞬、香菜子は口ごもった。そして思いきって「笠陣芙美さんという方なのですが」と告げた。

「は!?」と主人の父親は素頓狂《すっとんきょう》な声をあげた。「はあ。あんたの知り合いですか?」

宿の従業員から「あんた」と呼ばれるとは思わなかった。

「実は、亀の湯でご一緒したのですが、そのとき、高級な洗顔料を貸していただいたんです。いろいろお話ししたのですが、その洗顔料の使い心地がとてもよくて。もし、気に入ったなら、手に入れる方法を教えますよって言っていただいて」

「はあ、よくわかりませんが、そうなのですなあ」

「それで、その洗顔料を手に入れる方法を尋ねるつもりでいたら、翌日は早く宿を発たれたようで会えないままになってしまいました」

このような言い訳で通用するかどうかはわからない。しかし、一番あたりさわりなく芙美の所在を尋ねる言い訳は、これしかないと香菜子には思えた。

「帰ってから、自分でもいろいろと調べてみたのですが、わかりません。やはり、笠陣さんにお尋ねするしかないと思いまして。で、笠陣さんに連絡をとるには、こちらに頼るのが一番いいと思いまして。笠陣さんの連絡先を教えていただけませんか？」

そのようなことを自分が尋ねられたら、どう答えたものだろう。

申し訳ありませんが、お客さまの個人情報に関することですので、お教えするわけにはまいりません。

そんな返答を思い浮かべてしまう。

「そちらには、一切ご迷惑をおかけしませんので、お願いします」

するとと、主人の父親が言った。

「ああ。そういうことですか。そりゃあ、仕方ないですなあ。えー、電話番号がいいですか？　住所も必要ですか？」

やった！　と香菜子は叫びたかった。あまりにもうまくいったので、へなへなとその場に座り込みたくなった。気をとりなおして、やっとバッグからボールペンを取りだした。

ついている。

電話に出たのが主人本人だったり、主人の奥さんでなかったのも幸運だったと思う。

「あの。よろしければ、両方教えていただけませんか？」

「はい、はい。わかりましたあ。じゃあ、申し上げますよ」

主人の父親が読みあげる電話番号と、住所をメモする。終わると香菜子は丁寧に礼を述べた。

16

電話を切って、香菜子は、一度大きな溜息を吐《つ》いた。身体から緊張が抜けていく。

わかった。芙美の居場所が。

どうしよう？

とても、芙美に電話をする気にはなれなかった。

住所を見ると、やはり、同じ市内だった。香菜子の感覚では、機敷埜老人の家から、そう離れてはいない気がする。

まず、この住所を訪ねてみよう。そして、芙美に会ってみよう。

香菜子はタクシーを止めて、メモした町名を運転手に告げた。

まだ胸がどきどきする。こうして行動していることがいいのかもしれない。不思議なことに、あれから香菜子は風を感じなくなっていた。

根子島の宿に電話をかけてからだ。使命感を持っているからに違いない。行動を起こしてからの自分は疾走している感じがあった。それが過去へ引き戻そうとする〝時の風〟に抗う効果があるのか？

見慣れた風景が、車窓を流れていく。そして、タクシーは坂道を上り始めた。

そこは、芙美のカフェ「デイ・トリッパー」があった場所のはずだ。

ということは、今はまだ機敷埜博士邸であり、研究所である。

香菜子の記憶に間違いはない。洋館風の民家がある。

あれから、機敷埜老人はどうしたのだろうか？　デイ・トリッパーを実用化できる薬品に辿り着いたのだろうか？

それから、同時に機敷埜老人の運命に自分は干渉《かんしょう》したことになるのだろうか、という考えが浮かぶ。

あれから機敷埜老人が健在であれば、芙美は機敷埜老人の研究を引き継ぐことはないわけだし、未来の香菜子の前に出現することはない。ということは、デイ・トリッパーに乗って過去に跳ぶことはない。

しかし、今、自分はここにいる。ということは、芙美はデイ・トリッパーを引き継いでいるということだ。

もう一つの考えが唐突に浮かんでくる。

今の自分が妄想の中で生きていると考えたらどうだろう。未来で大介を亡くし、悲しみに沈む日々を過ごしている。これは、そんな不幸な妄想を無意識のうちに抱《いだ》いているに過ぎないのではないか。

いや、妄想などではない、とあわててその考えを打ち消す。根子島の宿に現れた芙美が、自分に警告してきたではないか。あのできごとこそが、自分が未来から跳んできたことの証明だ。芙美の警告さえなければ、未来の記憶は妄想と考えてもおかしくなかったかもしれないのに。

機敷埜邸からタクシーは右折して、ゆるゆると坂を下っていく。

坂の途中で、タクシーの運転手が尋ねてきた。

住所からすると、このあたりらしい。目印になるものはありませんか？　と。

もちろん、香菜子にとっても知らない住所だから、目印となるものも教えようがない。

「このあたりでいいです。あとは歩いて捜しますから」

タクシーを降りた。思えば機敷埜老人の家から位置的に数百メートルも離れていない場所だということになる。それは意外なことだった。近所だったからこそ、芙美は親戚として機敷埜老人宅によく顔を見せていた。研究の手伝いも頼まれればときどきやっていたということか。

遠くの親戚より近くの他人というが、近くの親戚であれば最強ではないか。

このあたりは人通りが少ない住宅街だ。マンションと一軒家が混在していた。住所を確認しながら、香菜子は歩く。

宿の主人の父親は町名と何丁目何番まで教えてくれた。だが住所では、何番の後に何号まであるのだ。

その番地には、二軒のマンションも含まれていた。一軒家の表札を確認しながら香菜子は歩いた。笠陣という表札は見当たらなかった。珍しい名前だから見過ごすことはないはずだ。

一軒家の表札はすべて違っていた。とすれば、二軒のマンションのどちらかに住んでいるのだろうか? マンションにある郵便受けの名札で確認しようと思ったが、勝手に入れないしオートロックになっている。入っていく住民は暗証番号を押してドアを開いていた。その後をついていく手もあるが、それではあきらかに不審者の行動だ。

もう、教えてもらった住所で捜す場所は他にない。

あるいは……。笠陣芙美は、本当の住所を宿帳に記したのだろうか? 過去に証拠を残さないように、思いつきの住所を書き込んだという可能性もゼロではない。

一つのマンションの一階は、美容院になっていた。

この美容院に、尋ねてみるのはどうだろう。ただ、自分なら近くの美容院は使わないから「知らない」という答えが返ってくるのが自然だろう。どうしよう。どうすれば笠陣芙美に会える?

香菜子は、あてもなくぼんやりと立ちつくすしかなかった。

そのとき奇跡が起きた。

マンションから芙美が出てきたのだ。

17

思わず目をこすってみたほどだ。あまりにタイミングがよすぎる。

本当に芙美なのだろうか？　誰か別の人を芙美と思い込んでいるのではないだろうか、と。

いや、笠陣芙美に間違いなかった。初めて香菜子に話しかけてきたときと同じ涼しげな眼差しをしている。そして、何を考えているのか、窺《うかが》い知ることのできない感情のない表情をしている。

芙美は香菜子が立っている方へと歩いてくる。思いだしたように、歩きながらバッグを開き、何かを捜し始めた。そのまま香菜子の方へと近づいてくる。どうしよう、と一瞬香菜子は迷う。まわりに身を隠すような場所はない。まだ芙美は香菜子の存在に気がついていない。できることといえば、近づく芙美に背を向けておくくらいだ。

だが、あまりにも突然のことで、香菜子は凍りついたようになってしまった。

芙美が捜していたのは、手帳だった。芙美は香菜子が立っているところから数メートル手前で立ち止まった。顔を上げれば香菜子の顔がはっきりとわかる位置だった。芙美の右手には青色の手帳があった。それをぱらぱらとめくり、芙美は何度か頷いた。スケジュールを確認する必要があったらしい。再び手帳をバッグの中に入れて、顔を上げた。そのまま香菜子を見る。

香菜子は足がすくんだ。あわてて顔をそむけようとする。しかし、もう遅すぎる。

しかし、芙美は香菜子に対して何の反応も示さなかった。いや、たしかに目の前の香菜子に視線を留めたのだ。だが、すぐに視線を前方に移した。そこに人が一人いた、という程度の反応だった。

そして、気が済んだ、とでもいうように、芙美は香菜子に背を向けて颯爽《さっそう》と歩き去っていった。

芙美じゃない？　あるいは見えないふりをしたのか？

いや、笠陣芙美その人に間違いなかった。あの様子では知らないふりをしていたということではないようだ。

結論は一つしかない。

今見た芙美は、未来からやってきた芙美ではなかったのだ。芙美という存在は、この時間では一人しかいない。その芙美が香菜子を認識できないということは、未来から来た芙美はこの時間軸には存在しないということだ。

彼女が、この時間軸に来た目的は、根子島にいた香菜子に警告を与えるだけだったのではないか。それが終わって、芙美は未来へと帰ったということか。で、あれば今の時間軸に存在する芙美は何も知らない。まだ、香菜子の存在も知らないし、デイ・トリッパーの存在も知らない。

追いかける気も起きない。この時点の芙美に問いかけても何も得られないことはわかっている。

これで、今、自分が必要としている情報を知るための希望のかけらはすべて失われた。それが当然ではないか、と香菜子は、ふと思う。人が時間の壁を超えて過去に跳ぶという行為そのものが自然の摂理に逆らっているのだ。香菜子に警告するという目的を果たしたのであれば、芙美が早々に未来の本来の時間に帰るのは当然ではないか。

緊張感が失われてしまったからだろうか。膝から力が抜けていくような感じがする。同時に全身がぞくぞくするような感覚がある。全身だ。これも〝時の風〟と似たようなものだろうか。

どのようにして家まで辿り着いたのか、記憶が朦朧《もうろう》としていて覚えていない。マンションのパティオで幼い姉妹から、「香菜ちゃーん」と手を振られたのは覚えている。やはり様子がおかしかったのだろう、老女が「お姉さんは気分が悪いみたい。身体の調子がよくないのかもしれないねぇ」と言ったが、それが、まるで間延びした淀《よど》んだ声で聞こえたような気がする。香菜子は幼い姉妹にも何も答えず、駆け込むように部屋に戻った。頽《くずお》れるようにソファに倒れ込む。それから大介の名を無意識のうちに呼ぶ。もちろん、そこに大介はいない。

風を感じた。

このまま意識を失ってしまいそうだ。意識がなくなれば楽になれるだろうという予感はあった。しかし、同時にこの時間軸からは弾《はじ》かれてしまう気がする。意識を失えば、二度と大介と会えないのだと自分に言い聞かせ、必死で堪えた。それから、目を見開いた。閉じてしまうと気を失う気がする。

また、風を感じた。現実の風ではなく、未来へ引き戻そうとする〝時の力〟をそう感じているのだと思う。

右手で拳《こぶし》を作り、自分の首筋を何度も叩いてみた。そうすることで、少しは抗えるような気がする。

そして、このときふと気づく。芙美が〝時の風〟を仕掛けたわけではないのだろう、と。とすると、他に要因があるわけだ。しかし、その要因が何かはわからない。

ひょっとしたら、過去に滞在していられる期間が最初から決まっているのかもしれない。

そうだとすれば、過去に留まるためにどんな方法をとればいいのか探しても何の意味もないことになる。

香菜子は、ソファの上に横たわったまま天井を凝視していた。芙美に会うために行動していたときは、風のことを忘れていられたのに。感じずにいられたのに。ということは、心の持ちようが関係しているのか。

やっと自分の息づかいが落ち着いてきたのがわかった。風に吹かれたり、引き戻される感じが絶え間なく続くのではなく、少しずつ間隔が空くようになってきた。

このまま、風に吹かれる感覚が消えてくれれば一番いいのだが。

鎮まっていく。そんな気が香菜子にはした。

そこで、大きく深呼吸をしてみると、身体の違和感が消えていることがわかった。もう一度深呼吸して身を起こす。

芙美のことを一瞬思いだすときだけ、さっきのぞくぞくとする感覚がある。鳥肌が立つというのとも違う。虫が這《は》うような感覚に近いか。蟻走感《ぎそうかん》というのだろうか？

そのとき香菜子は、思考を無にすることを本能的に学んでいた。徐々におさまっていく。

これだ。

〝時の風〟を前は感じなかった。感じるようになったのは、未来を変えようという努力を始めたからではないか。

根子島へ向かうまで、そんな気配はなかった。かつて、やっていないことをすれば、それだけ未来が変化する可能性が大きくなる。契機になったのが、根子島だったのではないか。それだけではない。香菜子たちに加えて芙美まで登場することで、未来のブレがより大きくなった。

すると、時の流れを歴史どおりに復元するために、〝時の意志〟というようなものが風を吹かせたということか。

大介の子を持つことで未来を変えられる。

大介の願いだった温泉へ行くことで未来が変えられる。

それこそが、香菜子の浅知恵だったということか。

時は、いずれの行為もルール違反と見なして、香菜子を未来に引き戻す力を発揮させ始めたということだ。寝ていた神を揺り起こしてしまった。運命を変えようとしたことで。

自分の運命を変えようとは思わなかった。すべては、大介のため。大介の命を救わんがため。それさえ実現できたら、自分はどうなってもいいとさえ、香菜子は思っている。

風を感じるようになったのは、大介を救える可能性が増えたことで、〝時の復元力〟も強さを増してきたということではないか。

立ち上がった香菜子は、自分に問いかけた。

では、どうすればいい。このままだと、いずれ抗えないほどの風となって襲いかかってくるだろう。

そうであれば、それまでに大介を救うための方策を何か他にも考えるべきだ。

そこで思考はストップしてしまった。

香菜子は途方に暮れ、ソファから起き上がることができなかった。

〝時の風〟に脅える日々をどれだけ過ごしただろう。

どうせ未来へ引き戻されるのなら、何もしないわけにはいかない。少なくとも、大介を救うことができるのは今のところ自分だけなのだ。

ある日、その結論に至ったとき、思考が鮮明になったような気がした。

これまでは、大介を救うために、自分がどこまで行動していいのかわからず、靴の上から痒《かゆ》い足を掻くように、恐る恐る行動していた。

しかし、もう何も恐れない。〝時の復元力〟でどうせ未来に引き戻されるなら、できることは、やってやる。未来の世界がめちゃくちゃになってもいい。大介を救えるなら。

たとえ、人類が滅亡し、宇宙が消滅しようとも。

大介を救えさえすれば。

芙美が、香菜子の結論を知ったらどんな反応を示すことだろう。香菜子自身は、自分の思考から迷いが消え去ったことが、嬉しかった。

腹が据わったからだろうか、〝時の風〟も去ったような気さえする。

いや、〝時の風〟がなくなったわけではないだろう。これから周期的に、ふっと背中に蟻走感が蘇るのは仕方のないことか。

これから、大介を救うために思いつく限りのことをやってみるのであれば、より〝時の風〟は強く吹くに違いない。何もしなかった場合、大介と過ごすことができるはずだった時間よりも、何倍も早く未来に引き戻されてしまうのではないか。

それで必ずしも大介を救うことができるという保証はない。それでも、いいのか？

〝時の怒り〟に触れなければ、もっと大介と長い時間を過ごせるかもしれないのに。

香菜子は大きく息を吸い込んだ。

大介と一緒に過ごすことができて、これでもう充分満足した。もう悔いはない。そう思えることはないのではないか。香菜子はそう思っていた。

それでいいのか？

いい、と香菜子は呟いていた。

この時間軸の中で、永久に大介と一緒にいられることはありえないだろう。でも、できる限り大介の運命を変えるための努力をしたい。

そう思えるようになっていた。

しかし、自分一人の努力では限界があるのではないか？

一人だけで大介を救う方法を探すのは無理だ。誰か協力してくれる人はいないだろうか？

機敷埜老人の顔を思い浮かべたが、すぐに頭から振りはらった。

機敷埜老人には大介を救う力はない。

もっとも、機敷埜老人は大介の病を治す方法を考えると約束してはくれたものの、まだデイ・トリッパーの完成にさえ至っていない。ヒントだって、香菜子が与える結果になった。そもそもデイ・トリッパーが存在しなければ、香菜子は大介が元気だった時間に来ることはできなかったわけだから、機敷埜老人に対しての香菜子のアドバイスは許されることなのではないだろうか。

しかし、機敷埜老人にデイ・トリッパーについての助言をしたときは、〝時の風〟を感じることはなかった。

時は、このことについては見逃したということなのだろうか？

デイ・トリッパーが発明されるために欠かせない要素だから、時は香菜子の発言を大目に見たということか？

わからない。

ルールのようなものが存在するのかもしれないが、今の香菜子には、そんなことはわかるはずもなかった。

許される過去改変と、絶対に許されない過去改変があるのかもしれない。

しかし、今の香菜子には、そんなことはどうでもよかった。

となると、頼りになる人物は一人だけだった。

夫の大介だけだ。大介に真実を打ち明ける。

これこそ、最後の切り札ではないか。だがそれは、もしも時が意識とか感情とかを持っているならば、怒り狂うであろう最大の反乱だ。

今、感じている〝時の風〟が嵐に変わり、一瞬にして香菜子を未来に吹き飛ばしてしまってもおかしくない。

最後の切り札を使うのは、もうしばらく後にしよう、と香菜子は思う。他の可能性を試した後でも遅くはない。未来に引き戻されてしまったら元も子もない。

次に香菜子は、自分が未来へ引き戻された後のこの世界がどうなっているだろうか、ということに思いを巡らせた。

　この時間軸に残された自分はどうなるのだろうか？

　未来の自分の心だけが、大介が元気な頃の過去の自分の肉体に送り込まれたのだから、未来の本来の自分に引き戻されても、肉体はやはりこの時間に残ったままのはずだ。すると、未来からやってきて過ごした記憶は、すっぽり抜け落ちてしまうのか。とすればこの数カ月のこの時間における自分自身は、なぜ記憶の空白があるのかと、戸惑うに違いない。うっすらと日常生活の記憶だけが残るのであれば、ひょっとしたら何の違和感もないままになるのだろうか？

　そんなことって。

　香菜子は焦りを感じた。そういえば、この時間軸に跳んできたときのことは、はっきりと覚えている。大介とドライブ中だった。

　あのときの嬉しかった気持ち。忘れることなどできない。

　しかし。

　その翌日は何をしたろう？　大介を送りだして家事をやった。買物に出て、芙美のカフェを見に行った。足が自然に向いたから。

　その翌日は何をした。

そして、その翌日は。

だんだん記憶が怪しくなってくる。大介の休みの日に行った場所のことは思いだせる。機敷埜老人と喫茶店で話したことも。

しかし、それが正確には何月何日だったかと考えても、わからない。一カ月前だったか、その前後か。平凡な日々が続いていて何をしていたか、あやふやだ。

節目になるできごとは記憶しているが、日々の生活についての記憶はあまり残っていない。

人の記憶というのは、そのようなものかもしれないと、香菜子は思った。

だとすれば、自分が未来に戻されても、特に何の異状も感じないで、これまで通りの生活を繰り返すのかもしれない。

大介が時々、根子島の話題を出すかもしれない。しかし、話がちぐはぐなまま、その十分後には、そのちぐはぐさも含めて忘れてしまっているのではないだろうか？

大介は、少しの時間だけ、変だな？　と思うのかもしれないが、自分の何かの思い過ごしぐらいに思うだけか。

そして、そんな日常が続いていて、ある日突然、大介が倒れる。何よりも避けたい日が、何の前触れもなく訪れることになる。

それからは……。

そこまで想像の翼を広げた香菜子は、いても立ってもいられなくなった。

もし、今、未来へと自分が引き戻されるとするならば、これまで大介を救えるかもしれないと思ってやってきたこと、そしてこれから大介の身に起こることを、この時間軸の自分になんとか伝えておかねばならないのではないか。

そうだ。なぜ自分が過去に跳んできたかをこの時間の私に書き残そう。そして私の代わりに大介を救うように頼もう。

手紙を書こう。私宛の手紙だ。

そうすれば、いつ未来へ引き戻されても、残されたこの時間の私が意志を引き継いでくれるはずだ。

不安はあった。その手紙を読んだとして、記憶がいったん真っ白になったこの時間の私が、書いてある内容を信じるかどうか、ということだ。

日記をつけていれば、日記内に、私宛のメッセージを書き残せたのに。他の人の目に触れる心配もないし。だが、残念なことに、香菜子は、日記をつける習慣がなかった。

やはり、手紙を書くのが最善の方法だろうか？

書くとしたら、どのように書きだせばいいのか？

18

迷いはあった。どのように書けば私自身を信じさせることができるのか？

迷ってばかりいては、書きだすことができない、と思った。自分に宛てた手紙であれば、ストレートに自分の想いを書き綴《つづ》ればいいのではないか。その想いを辿れば他の誰にも書けない、自分自身の言葉だと気がつくことができるのではないか、とも思えた。

香菜子には、あまり手紙を書く習慣はない。しかし、幸いなことに大介が便箋《びんせん》を常備していることを知っていた。

書きだしにちょっと迷ったが、香菜子はボールペンを持つと、便箋に自分に宛てた手紙を書き始めた。

――中川香菜子様
あなたがこの手紙を読み始めているということは、私は、もうこの時間にいないということだと思います。私は中川香菜子。そう、あなたです。ある目的のために未来から来て、私はあなたの心の中にいたのです。しかし、目的を果たせないままに、元々私がいた未来へと引き戻されることになったのだと思います。私が心の中に一緒にいたという記憶があるでしょうか。もし、あるとすれば、それが一番わかりやすいと思います。もし、覚えていないとすれば、私がこれから書くことを信じてほしい。

あなたにとって、そして私自身にとって一番大事な人である大介さんは、不治の病にかかろうとしています。ある日、大介さんは、身体の不調に気づき、それからあっという間に亡くなってしまうのです。

私は、突然の不幸を信じられず、立ち直れないままでした。

もう一度、大介さんに会いたい。そればかりを願って過ごしていました。そして、その願いを叶えてくれるできごとが起こったのです。ある方が心を過去に送り込んでもう一度大介さんに会わせてくれるというのです。その代わり、大介さんの運命を変えたり、命を助けて歴史を変えたりしないということが条件でした。もちろん、私は大介さんにもう一度会えるのであればと、その方の言う条件に従うつもりでお願いしました。そして、私は過去へ戻り大介さんに再会することができました。

やはり、大介さんは素晴らしい人です。あの人と一緒にいるだけで自分が幸福であると実感することができます。これを読んでいるあなたも、まったく同じことを感じていると思います。

いや、ひょっとしたら、今のあなたは、大介さんが永遠に存在してくれるものと思っているかもしれません。そして、今の幸福をあたりまえのように感じているのではないでしょうか。

もし、そうであれば、想像してみてください。大介さんがいなくなった世界を、目が覚めたとき隣に大介さんの姿がない朝を。歩いていて、右側に誰の姿もない散歩道を。たった一人で食事をとる淋しさを。

過去に戻って大介さんと再会できたとき、叫びたくなるほど嬉しかった。

私は、過去に戻るために交わした約束を最初は守り続けてきました。

大介さんの運命を変えないこと。

しかし、なんとか大介さんの命を救えないかと徐々に考えるようになっていました。ひょっとしてこうすれば、大介さんの運命を変えることができるのではないか、という案が浮かべばそれを実行するようになっていました。未来で生前の大介さんが温泉旅行に行きたいと願っていたことを知っていた私は、大介さんと二人でその願いを果たしました。

未来の私と大介さんとの間に子どもはいませんでした。もし、大介さんの子を授かっていれば、二人の未来は違ったものになるのではないか。そう考えて、大介さんの子を授かる努力も続けています。

過去になかったできごとを新たに発生させれば、大介さんを待ち受ける悲劇を避けることができるのではないか。そう考えたのです。なんの確証もありません。私のかすかな希望でしかないのですが、もし大介さんを救うことができるのであれば、その方法をすべて試してみるつもりで日々を過ごしていました。そのどれが効果をもたらしてくれるのかは、まだわからずにいます。今のところ大介さんの子を身ごもったという兆候はありませんし、大介さんの体調の変化も注意しているのですが、この手紙をしたためている現在までは、本人も体調の変化は自覚していないようですし、私の目にもわかりません。しかし、以前の記憶からすれば大介さんの体調の変化は、ある日何の前触れもなく、突然やってくるはずです。それを考えると、怖くて怖くて仕方がないのです。

さて、この手紙をなぜ書いているのか？　ということを記しておきたいと思います。最近、不安を感じるような状態にあるのです。私が、この時間軸へ来るときに説明は受けていました。大介さんが元気だった頃の時間に永遠にとどまれはしない、と。でも、大介さんと過ごしていると、いつまでも一緒に過ごせるのではないかと思い込もうとしている自分がいます。しかし、これまでには感じなかった力を感じるようになりました。もう原因はわかっています。これは本来いた未来の時間に私を引き戻そうとしている力なのです。そしてこの力は私が大介さんをなんとか救おうと考え、行動に移すたびに強くなっている気がします。きっと運命に逆らうことを〝時の風〟は許してくれないでしょう。今まで私がやってきたことが大介さんを救う結果に繋がるかどうかはまだわかりません。これだけで大介さんを救えるのかという不安をいつも抱《かか》えています。もし、私が近いうちに未来に戻されてしまえば、大介さんを救えなくなってしまうのではないかと不安でたまらないのです。

もし、そうであればできることはただ一つ。この手紙を読んでいるあなたに、大介さんのことを必ず救うように、お願いしておくしかないのです。どうすれば大介さんを確実に救うことができるのか？　正直、今の私もわからずにいます。もし、この手紙を読み終えたあなたが、この手紙に書かれたことを信じてくれるなら、このときから大介さんを救う行動を起こしてください。どんなことでもかまいません。大介さんに危機が迫っていることを覚悟して、大介さんを守るためにはどうすればいいのかを常に考え、実行してくれれば、何らかの効果が生まれるのではないかと思っています。いえ、そう信じるしかないのです。

お願いします。私は、いつ未来へ引き戻されるかわかりません。そうなると、大介さんを救えるのはこの時間軸にいる、あなただけになるのですから。

どうぞ、この手紙を書いている私を信じてくださいますように。

そして、何より、私が未来へ帰ったときに、そこに元気な大介さんが待っていることを心から願っています。

がんばって、私。根子島の宿で食べたイワシの手打ちパスタの味が忘れられない。未来で大介さんが元気だったら、またあの宿に行きたいと思います。そう思いませんか？

乱筆乱文ごめんなさい。

香菜子

書き終えた手紙を前にして香菜子は、一つ大きな溜息を吐いた。この手紙で、この時間軸の本来の私は信じてくれるだろうか？　もう一度、読み返してみた。何も知らない自分になったつもりで目を通してみる。

明らかに、自分の字で自分が書いた文章だということがわかる。そして、考えた。残る私と未来へ戻される私の意識は常に重なり合っているのではないか？　だから無意識のうちにイワシの手打ちパスタの記述も入れたのではないかと思う。もし意識が重なり合っているのであれば、このことで、書いたのが香菜子自身であったという証拠にもなるだろう。

書き直したい衝動もあったが、あえてそのまま便箋を折り、白い封筒に入れた。

表に「中川香菜子様」と記して、封をした。それから裏に、「香菜子」とだけ書いた。それをどこに置けば、他の人の目に触れることなく、確実に私に届けられるのか？　もちろん、大介の目にも絶対に触れさせたくない。そして、香菜子自身が必ず最低一日一度はチェックするような場所。

考えあぐねて、結局、自分が一番よく使うショルダーバッグの中に封筒を入れた。買物に行くときは、いつもそのショルダーバッグを持っていく。その封筒が常にそこにあることは、自分で確認できるはずだった。

そして、もしも自分の心が未来へ引き戻されて、ここに残った自分の記憶がゼロになったとしても、すぐにその手紙を発見できるに違いないという確信があった。

ここであれば、他人に見られることもないし、大介の目にも触れることはない。

そう自分に言い聞かせると、気持ちがずいぶん楽になった気がした。

それから香菜子は、そのショルダーバッグがいつでも自分の視界に入るような場所に置いた。そして、時々バッグがそこにあることを確認し、安堵した。

外出するときには、必ずそのショルダーバッグを持っていった。買物をしてお金を払うときに、バッグを開けると、必ず封筒が目に入った。その度に、自分は〝時の風〟に引き戻されることなく、大介が元気な時間にまだいられるのだと思えるのだった。

自分への手紙を書きあげてから、気のせいか〝時の風〟を感じなくなったような気がしてならない。

〝時の風〟はその力を駆使することをやめたのだろうか？

そんなはずはない。だが、一刻でも長く、大介と過ごせることはありがたかった。

「香菜ちゃん、最近ずいぶん穏やかな雰囲気だけれど、何かいいことあったの？」

そう大介に指摘されるほどだった。

「そう？　あまり自分ではわからないけれど、そう言われたら、いつもはなんだか尖っているみたいね」と冗談を返した。

「いやあ、尖っちゃいないよ。でも、なんだか、悩みから抜けだしたというか、悟りを開いたような表情に見えたりするから。気のせいかな」

それほど、自分の心の持ちようが表情に表れるのかと驚いた瞬間だった。そして香菜子は、大介の観察眼にも舌を巻いた。香菜子が思っている以上に、大介は香菜子の変化に注意を払ってくれていたのだ。これまでの香菜子は精神状態がいっぱいいっぱいなこともあった。そんなときも、大介は当然気がついていたに違いない。

子どもを授かれば、大介と自分の運命も大きく変わっていくのではないか。

それ以上の行動を、香菜子は慎《つつし》んでいた。大介を助けることができるに違いない決定的な方法を思いつかなかったということもある。そして、芙美の言葉も香菜子の行動にブレーキをかける効果があった。芙美が言うとおり、彼女の言葉に逆らえば、やはり〝時の風〟が強くなる気がするのだ。

静かに日々を過ごせば、大介と一緒に、時間を送れる気がする。

ただ、そうすれば大介の運命を変えることは難しくなる。

できるのは大介との愛の結晶を授かるのを待つことだけ。とはいえ同時に、もしも大介の子を持てなかった場合のことも考えるようになっていた。

「そのとき」が前の時間軸と同じような経過でやってきたら。

運命を変えることができず、大介を救おうにも香菜子にはなす術がなにもないとしたら。

そうなれば、自分が未来に戻されなくても、また同じ悲しみを味わうことになってしまう。

一度だけでもつらかったのに、二度もそんな目に遭いたくない。

そんな考えが、香菜子を支配するようになった。

そんな気持ちを抱えながらも、大介が帰宅したときには、できるだけ平静を装うとする。

それでも、ときに自分を抑えることができずに、ただいまと言った大介にしがみついてしまったことがあって彼を驚かせた。あわてて、これではいけないと自分に言い聞かせる。

大介に、どうしたんだいと尋ねられても、答えることができなかった。

それは衝動だったから。

衝動に理由づけなどできるはずがない。そういうときは大介から離れて無理に作り笑いをしてみせる。きっと大介は、いろんな解釈を試みたことだろう。

それから、繰り返し未来のできごとを思いだすのだ。大介が発病してからの悪夢のようなときのことを。

そして、発作でも起こったかのように、自分が未来で考えていたことが蘇ってきた。

なぜ、自分は大介があの世に旅立ったときに一緒に死ななかったのかという考えを、はっきりと。

そして、こう思った。本当に愛する人と同時に人生を終えることこそが人の生というものなのではないか、と。それが生き方の理想なのではないか？

今度、大介が発病したときには、最期まで看取《みと》り、その最期の瞬間には同時に己《おのれ》の命を絶とう。

そして、その理想を実現するための方法を自分で考えるようになった。

苦しまずに、同時に逝く方法はないか。まだ、答えは出ない。毒薬、縊死《いし》、飛び降り。さまざまな死に方を検討するが、途中で、何か大介を救う決定的な方法があるはずだという考えが広がってきて、結論がうやむやなままで、先延ばしになってしまうのだ。

この頃から、他にも自分を制御できないことが起こりそうになっていることに香菜子は気がついていた。

大介と夕食をとっていて、急に泣きだしそうになり、抑えるのに苦労する。それだけではない。大介を仕事へと送りだして一人になった途端に、大声で絶叫してしまう。これは室内だし、香菜子一人しかいないから、思いきり叫ぶことができる。すると、少しは落ち着きを取り戻せるのだが。

一度は、無意識のうちに、仕事中の大介に電話をかけてしまったこともある。プライベートな電話を大介の仕事中にはかけないという原則になっているのに。それでも、電話をかけてしまったのは、それが香菜子の無意識の欲求だったということだろう。

携帯電話に大介が出てから、そのことに気がついて香菜子はあわてた。

「ごめんなさい。間違ってかけちゃった。友達にかけたつもりだったの。本当にごめんなさい」

大介が、どう思ったのかわからない。しかし、あくまで彼はやさしかった。

「いや、いいよ。間違えてかけてしまうことはよくあるから」

注意しろとも言わなかったし、声には嫌な気配さえなかった。大介が何も感じていないことはありえないと香菜子は思った。帰宅しても電話のことには彼は触れることはまったくなかった。いずれの衝動も、実は香菜子の無意識下で、未来に引き戻される時機が近づいていることを感知した結果ではないかと、考えていた。

そのときがいつ来るのかは、わからなかった。

風に脅えていた。

どのタイミングで、〝時の風〟に飛ばされるのがいいのか、ということまでぼんやり考えるようになっていた。

大介と別々の場所にいるときは嫌だ。最後まで彼と一緒にいたい。

眠っているときも嫌だ。自分の目に元気な大介を焼きつけておきたい。

香菜子は、ショルダーバッグを開けてみる。

自分に宛てた手紙は、ちゃんとそこにある。

そして何日も、〝時の風〟を感じなくなっていたとき、それはやってきた。

夕方、一人のときだった。夕食の準備で台所にいたら全身を風が襲ってきた。だが、それまでの経験で自分を連れ去ってしまう程のものではないとわかった。久々の〝時の風〟だったが、香菜子は内心ほっとした。この風じゃない。まだ、大介といられる。そう自分に言い聞かせていた。

そのときの〝時の風〟なら、もっと圧倒的な力を持っているだろう。

風を感じて、まず香菜子は手に持っていた包丁を流しの上に置いた。ゆっくりとしゃがみ込み、片手を冷蔵庫にあてて自分の身体を支えた。そして、風が去るのをひたすら待つつもりだった。

香菜子の予期したとおり、ある一瞬を過ぎると彼女を未来へと引き戻そうとする力は、徐々に鎮まっていく。ゆっくりと香菜子は立ち上がり独り言を呟く。

「助かった」

その〝時の風〟の圧力が強くなかったことは幸いだったが、しばらく〝時の風〟を感じていなかっただけにショックだった。このまま風がなくなってくれないだろうか？　そう願っている自分がいた。

だが、風は忘れていなかった。

そのことがショックだった。

風が鎮まっても肩から震えがなかなかとれなかった。

大介が帰宅したときは、香菜子は平静を装っていた。「おかえりなさい」と迎えた香菜子を見て、大介が言った。

「どうしたんだ。香菜ちゃん」

大介は何かを感じたのだろうか、と香菜子はあわてた。「え？　え？　何が？　どうしたの？」と香菜子は尋ねる。大介が、人差し指で自分の唇を横に撫でる仕草を見せた。

「え？　私の唇？　なにかついているの？」

大介は呆れたように首を横に振り、眉をひそめていた。

「いや、香菜ちゃん、唇が真っ青だよ。血の気が失せたみたいに。貧血じゃないの？　身体がふらふらしないか？」

思わず、香菜子は自分の唇に指をあててみた。まさか、唇が真っ青になっているとは思いもしなかった。大介がそう指摘するのであれば、そうなのだろう。

「何故だろう。わかんない。でも、なんともないから心配しないで」

香菜子としてはおどけてそう答えるしかなかった。

「本当に大丈夫か？　無理をしないで調子が悪かったら早めに医者にかかったほうがいいと思うよ」

これでは、まるで逆ではないかと香菜子は思う。

「わかった」と答えた瞬間、突然大介は強くハグしてきた。予測できなかったから、思わず香菜子は身を硬くしてしまった。すると、大介が呪文のように「なんともない。なんともない」と呟くのが聞こえた。心の底から大介は自分のことを案じてくれているのだ。
するとと反射的に香菜子の目から涙が溢れてくるのだった。

食事のときは、大介は香菜子のことをそれほど心配しなくなっていた。心中はわからないが、晩酌を始めてからは少し緊張がほぐれたのだろう。

酒をすすめたのは香菜子の方からだ。少しでも大介に心配をかけないようにしようと知恵を絞った結果だ。アルコールで心地よくなった大介は、よく笑った。香菜子もお相伴することで自分の顔色がよくなったのではないか、と思えた。

この充実したときを感謝しなくては。

大介が元気だったとき、昔の香菜子は明日も、明後日も、そしてその次の日も今と同じような日が続くのだと思っていた。そして、それは当然なのだと考えていたと思う。だから、あたりまえの今日も、今日に続く明日も、何も考えなかった。来週は大介とおいしいものを食べに行きたい、くらいのことを考えているだけだった。しかし、今は違う。一日を一緒に終えられることに心から感謝できる。素晴らしい時間を持てているから。あたりまえの時間なんてないのだ。気づいていなかっただけなのだ。

眠りにつく前に、香菜子は大介に言った。

「心配させて、ごめんなさい。大介ありがとう」と。

「ああ、いいよ。驚いただけだから。おやすみ」と、すでにいつもどおりの大介だった。

眠ったまま、未来へ引き戻されるのは嫌だった。熟睡して、目が覚めたときに大介のいない未来に戻ってしまっていたらと思うと恐怖だった。だから、いつも眠りは浅かった。

このときも、香菜子は闇の中で大介の手をしっかりと握った。一刻も彼と離れていたくないという無意識の行動だった。

やがて、大介の寝息が聞こえてくる。その寝息を聞いているだけで、香菜子はほっとできる。緊張が解けるのと同時に睡魔がゆっくり忍び寄ってきた。

そのとき、突然にアレが来た。

香菜子の全身が震えた。激しく。これまで感じた風の中でも特別のものだった。横になっているから激しいのだろうか？　いや、そんな生易《なまやさ》しいものではない。まるで烈震だった。

こらえきれずに、ついに香菜子は叫んだ。

「大介！　大介！　つかまえていて、私を！」

大介の寝息が消え、次の瞬間には身を起こしていた。

「香菜子ちゃん、どうしたの！」

そして、大介は香菜子の手を握った。風が強い。起き上がれない。

何かを言わなければいけない、と香菜子は思う。自分のことはどうでもいい。大介のこと。大介が助かるために、何と言ってやればいい。

しかし、名前一つ言えない。何か言おうとしても大きく荒い息を吐くだけで、言葉にならないのだ。大介が握る手を握り返すのがやっとだ。

病気に気をつけて。離れたくない。助けたかった。私って腑甲斐《ふがい》ない。そんな想いが交《こう》錯《さく》していた。

尋常ではないと思った大介が香菜子を抱き締めて、そのまま抱《かか》えあげようとする。

「医者へ行こう。連れていくよ」

次の瞬間に凄《すさ》まじい圧力が香菜子を襲った。それはもう、風という生易しいものではなかった。

悲鳴もあげられなかった。意識が遠のいていく。何も考えられなかった。なにか、途方もない悲しみが自分の中で充満すると、何もわからなくなった。

19

目が醒める。いつもと同じように。何か、悪い夢を見たような気がする。

反射的に手を伸ばしてまさぐった。

何も手応えはない。胃の腑を嫌な感触が走り、跳ねるように身を起こした。

外は明るかった。陽の光が窓から差し込んでいた。

布団は一つだけだった。そして、大介の気配はない。

パジャマ姿だった。この時間まで横になっていたようだ。

そのまま振り返った。脅えながら。

やはり小さな仏壇があった。大介が死んで買ったものだ。その仏壇には位牌が置かれていた。位牌に書かれている戒名《かいみょう》は一字も間違えることはない。中で「大」の字が使われている。仏壇には写真も立てられていた。それほど大きいものではない。大介が笑顔のもの。目を細め、白い歯を見せている。穏やかで、優しそうな、香菜子が大好きな写真だった。アルバムの中から、その一枚を香菜子は迷わずに選んだ。

それだけで事態を悟った。

自分がいた未来へと引き戻された。夢などではない。これが現実なのだ。

さまざまなできごとが奔流のように蘇ってくる。

しかし、不思議なことに、悲しみにまでは至っていない。大介を亡くしてから、あれほど泣き暮らしたのに、今はまだ疑問の方が多い。

さっきまで、大介が横にいてくれた、という余韻が残っている。だから、まだ完全な喪失感があるわけではない。

横に大介の姿はなかったものの、呼びかければ部屋の向こうから彼の返事があるような気さえする。たとえ仏壇があったとしても、それは別物に思えてならなかった。

枕元に、スマホが置かれていた。その画面を見た。

間違いない。元の時間軸に戻っていた。はっきりとした日もわかる。安井沙智と中原まいに会った翌々日だ。スマホに表示された日時と壁に貼られたカレンダーの書き込みとも一致する。

香菜子は布団の上で正座して考える。これは、どういう状況なのだろうか？　と。冷静に客観的に判断しなければならないと自分に言い聞かせる。

ひょっとして、自分は夢を見ていたのだろうか？

死んだ大介に蘇ってほしいと願ったばかりに見た長い長い夢だったような気がする。こうしてあたりを見回しても、すべて見覚えのあるものばかりだ。

しかし、過去に戻って大介と過ごした記憶ばかりではない。どのような経緯で大介が元気だった頃の過去へ行けたのかという記憶も残っている。

妄想などではない。

笠陣芙美という女性が、過去へ跳ばして大介と会わせてあげると言ったのだ。覚えている。

そしてカフェ「デイ・トリッパー」を訪ねて、薬を飲んで遡時誘導機に乗った。

芙美の説明によれば、香菜子の心だけが過去の香菜子の身体の中へ跳ぶということだった。果たして、香菜子は大介が元気だった頃の過去へ戻ることができた。

それも間違いない。

しかし、未来に引き戻されるとすれば、自分は遡時誘導機の中に戻ってくるべきではないのだろうか？

わが家の布団の中に戻ってくるというのはおかしいのではないか？　であれば、自分の身体はどのようにして自宅まで帰り着いたのか？　あるいは、笠陣芙美と会ったのも記憶の誤作動ということになるのか？

笠陣芙美という女性は本当に存在したのだろうか？

大介と一緒にいた過去世界でも、笠陣芙美は香菜子に忠告するために出現した。それも不思議だ。すべてが妄想？　すべてが夢？　未来にいるはずの芙美が過去にもいたなんて。

すべてが夢だったということであれば、理にかなうのだが、香菜子には、そうではないという確信があった。

沙智に電話してみようかということも考えた。芙美と沙智は顔見知りだったではないか。電話で尋ねて、沙智が芙美なんて女性は知らない、と言えば、それが一番確実だ。しかし、その前に、沙智から「何故」？　という質問がくるだろう。その質問にどう答えるか。沙智は香菜子の答えに満足するかどうか。とてもうまく答えられる自信はない。新たな疑問を香菜子にぶつけてくるだろう。

沙智に尋ねるのは、もっと後にしよう。

そして、布団を上げ、着替えると、ソファの上でぼんやりと過ごす。何も考えないようにしている自分に気がついた。部屋の中は無音だ。自然と涙が溢れてきた。拭うこともしなかった。香菜子は流れるにまかせていた。無意識のうちに自分の腹部に手をあてていた。

もしも自分が本当に過去に行けていたとしても、自分は大介を救うことはできなかったのだと知る。大介は、仏壇の中の写真でしか存在しない。香菜子は溜息をつく。大介を救うために自分がやったことは何も成功していない。

大介の子を授かれば、大介の運命も変わるのではないかとも思った。大介を救えなかったにしても大介の代わりに子どもに愛情を注げるはずだ。

その願いも叶わなかった。

未来は変えられないのか。

いや、そもそも自分は過去へ行けたのか？　行けたのかもしれない。しかし、確かではない。

もし、本当に行けたのなら、わかったことが一つある。

どんなに大介を救おうとしても、彼を救うことはできなかった。

つまり、運命は変えられないということだ。

時を司《つかさど》る神さまがいて、一人ずつの辿る人生は、その神さまが敷いたレールの上にある。距離も行き先も決まっている。人の運命だけでなく、物事の展開もそうだ。

香菜子は大介を助けるために、過去で自分なりにあがいてみた。しかし、祈るような気持ちでとった行動は何一つ効果をあげなかった。

釈迦《しゃか》の掌の上でもがいただけの孫悟空《そんごくう》のようなものだ。

なんと虚しいことか。

立ち上がり、窓のカーテンを開けた。

下を見下ろした。

そして気づく。あの二人は……。

ゆーちゃんという子と妹の方はあっちゃんと言わなかったか。

妹のあっちゃんは、もっと幼かったように思える。

二人はパティオの柳の木の下にあるベンチに腰を下ろしていた。

あわてて香菜子は部屋を出る。なぜか、あの子たちと話したい衝動が湧いたのだ。

外に出ると、幼い姉妹が香菜子を見て手を振った。

それから妹のあっちゃんが言った。「香菜ちゃーん」と。そして妹は立ち上がる。二人はベンチであやとりをしていたらしい。姉のゆーちゃんの手には、まだ糸が組まれて残っていた。

「こんにちは」と香菜子が言う。

香菜子は近づいてくるあっちゃんの足取りを見て思った。自分の知っているあっちゃんは、もっとよちよちした頼りない歩みだった。ずいぶん、しっかりしている。前に会ったときから、それだけの時間が経ったということか。

そう考えて、はっとした。

過去へ行く前の自分は、この幼い姉妹と面識はなかった。過去に跳んで初めて知り合った。それから二人の〝ばあば〟も。

「今日は二人だけなの？〝ばあば〟は、どうしたの？」

そう香菜子に言われて姉妹は顔を見合わせた。不思議そうな表情を浮かべて。その様子を見て香菜子は不安になった。

ひょっとして〝ばあば〟に何かあったのではないか?

妹のあっちゃんが口を尖らせて言った。「もっと小さい頃は、〝ばあば〟と呼んでたけど、もうお姉さんになったの。だから私たち、〝おばあちゃん〟と呼んでいるのよ」

なるほどと香菜子は思う。

「もうすぐ下りてきます。さっきベランダに洗濯ものを干していたから、そろそろ来るんじゃないかな」

ゆーちゃんも話し方がしっかりしてきたと思う。姉妹たちにとって、香菜子は長く会っていなかったという様子ではない。

「ほら。おばあちゃん、来たよ」と、あっちゃんが指差したので香菜子は振り返った。

老女がパティオへ歩いてくる姿が見えた。老女は香菜子が過去へ跳んだときと大きな変化はなかった。

ただ、老女は香菜子の姿を見つけて、一度驚いたように足を止めた。

それから、ゆっくり香菜子の方へ近づいてきた。

「中川さん。お久しぶりですねえ」と老女が香菜子に言う。

どう反応を返していいものやらわからずに香菜子も「本当ですねえ」とだけ答えた。

「大変でしたねえ。なんと申し上げていいやら。しばらくお姿を見なかったので心配しておりました。お淋しいでしょう。私もそうでしたからよくわかります。でも、どうしようもない。自分で乗り越えなきゃいけないことですから」

この人は、大介のことも知ったうえで言ってくれている。それが、香菜子にはよくわかった。

その瞬間に、香菜子は悟った。

やはり、自分はデイ・トリッパーで過去へ跳んだのだ。そして、以前は会ったこともなかったこの老女と、そして幼い姉妹と知り合ったのだ。

そして、ほんのちょっぴり流れは変わっている。本当なら老女も幼い姉妹も初対面なのに、香菜子のことは覚えていてくれた。

いや、それだけではない。

運命を変えられないのなら、過去へ跳んだ香菜子が現在に戻ってきたら、幼い姉妹も老女も香菜子のことなど完全に記憶から消え去っているべきなのだ。

香菜子のことを覚えていただけでも、時を司る神の仕業に干渉できたという証明になるのではないか。

次々と疑問が湧き続ける。

「そんなにご心配をおかけしたんですね」と香菜子は口にする。

老女はゆっくりと頷いた。

「ご主人のことは、中川さんの棟にお住まいの方から伺ったんですよ。その後、ちっともお姿を見なかったから、心配していたんですよ。今日はよかった。孫たちが下で遊びたい、と久々に言ってくれたおかげで、お会いできたのだから」

香菜子は嬉しかった。予想外でもあった。こんなに自分のことを心配してくれる人がいたなんて。しかも、こちらの時間軸では、まったく会ったことがなかった人から。香菜子がデイ・トリッパーで過去へ跳んだからこそ老女と親しくなれているのだから。

すると、いくつも確認したいことが、生まれてくる。

香菜子は、老女に自分のことを気遣ってもらったことの礼を伝えると、その場を離れる。

じっとしていてはいけないと、本能的に感じていた。じっとしていたら喪失感からくる悲しみにがんじ搦《がら》めにされることがわかっていた。

それよりも、もっと確認すべきことがいくつもあるはずだ。それまでは、めそめそ泣いている余裕はない。

あの幼い姉妹や老女と話せたことで、香菜子の時間旅行は証明された。過去へ跳ぶ以前と、引き戻された後では現実世界に変化が起こっている。

それが何なのかを検証しなくてはならない。たしかに大介は、帰らぬ人となっている。しかし、何が変わらなかったのか、そして何が変わったのかを知っておきたい。

そんな欲求が、香菜子の内部から衝き上げてくる。

あわてて、家へ戻ると、大介の遺品を置いた部屋へ入った。

あった。

大介が残した文箱だ。

20

大介が入院中に残したメモが入っていた文箱。

メモは箇条書きにされていた。たどたどしい文字で、治ったらやりたいことが記されていた。そのうちのいくつかは、大介の仕事上のアイデアだった。病床で思いついて書きとめたのだろう。

そんなメモに書かれていた中のひとつ、

〈香菜子と温泉宿でゆっくり過ごしたい〉

その筆跡まで、香菜子ははっきり覚えていた。

けた生命保険の額を大幅に増額したのかもしれない、香菜子に気づかれないうちに。大介だったら、そんな気配りをする気がする。

いずれにしても、大介を救うことはできなかった。それは事実だ。

香菜子は、無意識に自分の下腹部に手をあてていた。

大介との愛の結晶に恵まれれば、ひょっとして大介の運命も変わるのではないかと期待していた。しかし、それは、叶わなかったようだ。

しばらくソファの上で思考停止の状態でいた。どのようにしても基本的に人間の運命は変えられないのかもしれない。自分なりに、やれることはやった。そこまでだった。そう考えると脱力してしまう。たしかに大介の喪失は悲しい。しかし、今はもう涙が出ることもなかった。逆に、一炊の夢を見たような気がする。

夢……。

カフェの奥にある研究室で遡時誘導機、デイ・トリッパーの中で薬を飲み、眠りについて見た夢……。

そうだ、と香菜子は思う。

デイ・トリッパーは意識だけを過去に跳ばすものだった。肉体はデイ・トリッパーに残されているはずだ。だから元の未来へ引き戻されるのであれば、デイ・トリッパーの中の肉体に意識が戻るというのが理屈ではないのか？

そう考えると、矛盾が気になってくる。

香菜子は立ち上がる。

そうだ。笠陣芙美に会いにいこう。いや、矛盾を解き明かすためだけではない。もう一度大介に会わせてくれたことのお礼を言いに行くべきではないか。

結果も報告すべきではないか。それが礼儀であり、けじめではなかろうか。

思いついてから化粧をする。大介と過ごしていたときよりも、ずいぶん短い髪型になっているなと鏡の中の自分を見て思った。手入れの必要のない生活を選んでいるのかもしれない。化粧もしているかいないかというエチケット程度のものだ。ただ、服は訪問をするのにふさわしいものを選んだ。堅苦し過ぎず礼を失しない程度の明るいものを。

ショルダーバッグを持つと部屋を出た。パティオの近くを通ると、まだ姉妹は遊んでいて「香菜ちゃんいってらっしゃーい」とあやとりの手を外して妹は手を振ってくる。老女も会釈してきた。もちろん、香菜子も頭を下げて手を振って返した。このやりとりだけで、今からの外出がずいぶんと気楽になった。

香菜子はバスを使った。商店街まで乗って、あとは坂道を上ればいい。

車窓から見る風景が、何故か新鮮に感じる。過去に跳んだときの風景と今の風景。見えるものを無意識のうちに比較していた。

商店街が近いな、と思う。「純喫茶マンボ」という看板が見えたからだ。機敷埜博士と、あの店内に入ったのはつい先日のことだったように思える。あのときも昭和時代のような雰囲気のお店だという印象を受けたのだが、車窓から見ると、一層、時代から取り残されてしまっている感が強い。

というより、あのときも客は他に誰もいなかった。まだ、店は続いているのだろうか？純喫茶などという店は、レトロなイメージしかない。営業中の表示もないし、店内の様子もわからない。商店街入口で、香菜子はバスを降りた。

ここから正面のだらだらとした坂道を上れば笠陣芙美のカフェに着くことはわかっていた。

だが、香菜子はすぐにはそちらに足を向けなかった。

気になることがある。それに急ぐこともない。あわててすべてを知ってしまうほうが怖いこともある。

今の香菜子の気持ちがそうだ。

真実を見極めたいという気持ち。

真実をすべて知り、後悔してしまうのが怖い気持ち。

二つの気持ちがせめぎ合っている状態と言えばいいのか。

足が向いたのは、「純喫茶マンボ」の方だった。

過去で、機敷埜老人と訪れたのも今のような昼下がりの時刻だった。

一杯だけ、あの泥のようなコーヒーを飲んでから芙美に会いに行っても遅くない。

過去に跳ぶまで、その存在を知らなかった喫茶店に寄ってみよう。

思いきって店のドアを押してみた。

ドアのベルがカラカラと鳴った。営業中ということがわかる。入店を知らせるベルだったらしい。

カウンターの上に、まるまると肥ったキジ猫がうずくまっていた。香菜子は思いだした。この猫は前回もいた。

「いらっしゃいませ」と聞き覚えのある声がする。香菜子は一番出口に近い席に腰を下ろした。

目の前に水が置かれ、店の中年の女性が、親しげに「あら、お久ぶりですのね。珍しいわね」と声をかけた。

「は、はい」とだけ香菜子は答える。

「コーヒーでよかったかしら」手に持っているメニューを渡しもせずに中年女性は、そう尋ねた。

「ええ。それでお願いします」

中年女性は頷く。とてもサービス業の応対ではない。

代わりに尋ねてきた。「機敷埜さんはお元気?」

その質問は意外だった。機敷埜老人の消息を知らないのだろうか。この時間軸では、もう亡くなっているはずだ。

「いえ、最近全然お話ししていなくって。どうなさっているんでしょう」

この女性は、この時間軸ではすでに機敷埜老人が存在していないことを知らないのだろうか。運命が変えられないのであれば、機敷埜老人はもうこの世の人ではないはずだ。死亡広告など出すような人ではなかったろうし、社会的にも認知されていない異端の科学者だったのだから、新聞やマスコミも取り上げないのも無理はない。

香菜子自身にしてもそうだ。笠陣芙美に声をかけられるまで、機敷埜風天という名前さえも耳にしたことがなかったではないか。

機敷埜老人がいつ、どのように果てたかなど、世の中の誰も気づかないままだとしても、なんの不思議もない。

「私も……あれ以来、機敷埜さんとはお会いしていないんですよ。どうしておられるのでしょう」

香菜子はそう答えるしかなかった。たしかにそれは嘘ではない。

「そうですか」と中年女性は言った。「機敷埜さんはしょっちゅう顔を見せる人ではなかったけれど、時折ふっと、そう、忘れた頃に顔を見せる、そんな人でしたから。来たらこの席で、ぶつぶつ独り言を呟きながらメモを書いている、といった人だったから。コーヒー一杯でずっと。そしてお腹が空《す》くと、オムライス作ってくれって。で、食べ終わってお皿を下げるとき機敷埜さんは、ボーッとした顔で宙を睨んでいるんですよ。私が大丈夫ですかって尋ねても何も答えない、瞬き一つしない。それで大声でもう一度名前を呼ぶと、ワッ、びっくりしたって。何度も呼びましたよ、って言うと、聞こえなかったって。そんな人なんですよ。考えごとをしていたと思ったら、いつの間にかテーブルの上に代金を置いてふらっと帰ってるような方ですから。あなたと一緒に来店されたときが、一番まともそうでしたよ。ちゃんと注文して、あなたと話をして帰っていった。まともでしたよ」

この店に一緒に来たとき、香菜子にとっての機敷埜老人は相当に変わった人だったのだが、それでもこの店にとっては、「まともでしたよ」の評になるとは。

そして確認できたのは、過去に跳んだときに香菜子は、たしかにこの「純喫茶マンボ」に機敷埜老人と来たということ。それを店の中年女性も覚えていてくれた。

出されたコーヒーを飲みながら、その味のまずさで、より鮮明に記憶が蘇ってくる。そうだ、この味だった、と。

このまずいコーヒーに辟易しつつ、機敷埜老人にデイ・トリッパーについて教えたものだった。それだけではない。自分が未来からデイ・トリッパーで何故跳んできたのかを告げた。そのすべてを機敷埜老人は批判することなく受け入れてくれた。

そして、彼は悪い病気にかかっている自分を何とかデイ・トリッパーを使って救うと香菜子に宣言していた。

しかし、それは成功しなかったのではないか？

機敷埜老人は、大介の病のことで何かわかったら香菜子に知らせに行くと約束してくれた。

しかし、未来に引き戻されてみたら、大介は助かってはいなかった。

デイ・トリッパーは完成したのかもしれない、と思う。大介が助からなかったということは、機敷埜老人も自身を救えなかったということなのか。香菜子が機敷埜老人にデイ・トリッパーで過去へ跳ぶ際に薬剤を併用したと教えたことは、定められた運命だったのかもしれない。しかし、それ以外のできごとは定められた歴史以外のできごとなのか。

変わりようがない。

そういうことなのか。自分がやったことは運命に組み込まれたことの一部だったが、願ったことは変えられないのだ。

突然、大介が目を細めて白い歯を見せて笑う顔が脳裏にくっきりと浮かんだ。

もう会えない。

涙がぽろぽろと溢れだし頬を流れていった。気持ちが落ち着くまで十数分の時間が必要だった。嗚咽が漏れるところまでいかなかったのは、幸いだったのだが。

そのときは、すでに中年女性は奥に去っていた。香菜子は思わず「よかった」と呟く。

ひょっとして、涙でまぶたが赤く腫れ上がっているのではないかと思ったからだ。それからコップの横に置かれた伝票の金額を確認して、ぴったりの小銭をテーブルの上に置き、機敷埜老人がやっていたというように、そのまま店を出た。

店の中は、薄暗かったのだろう。外の陽射しは眩しかった。次に向かう場所は決まっている。

もう、道ははっきりと記憶している。バス通りから商店街を過ぎた方向へ歩く。だらだらと続く坂道を上るのだ。商店街の入口近くのケーキ屋で、手土産《てみやげ》に焼菓子を買った。芙美に挨拶するのに手ぶらで行くのもおかしいと思ったからだ。

ゆっくりと、坂道を歩きながら、初めてこの道を歩いたときのことを思いだしていた。

最初にこの坂を上るときは、すべてが半信半疑だった。

初めて会った正体のわからない女性から、突然、大介に会わせてやることができると切りだされた。どのようにして大介に会うことになるのか、〝研究〟の内容も説明を受けたと思うのだが実感は湧かなかった。ただ、ただ、もう一度大介に会いたかった。

だから、あり得ないと思える話でも香菜子はすがるしかなかった。

そんな馬鹿なことは期待しない方がいい、と思いつつも、この坂を上ったのだ。

そして二回目は過去へ跳んだとき。

蛾《が》が街灯に吸い寄せられるように、機敷埜老人の屋敷へ足を向けてしまった。

あれほど芙美に、機敷埜老人の家へ近づかないようにと釘を刺されていたにもかかわらず。

だからこそ、デイ・トリッパーの発明者である機敷埜老人その人と会うことになったのだが。

だらだら坂は長い。香菜子も途中で息が切れて何度も立ち止まり、大きく息をした。もうすぐだ。もうすぐ、芙美のカフェに着く。そうしたら、どのような顔で芙美は迎えてくれるのだろうか。

なごやかに迎えてくれるだろうか？

根子島で芙美が現れたときの、彼女の表情を今でも香菜子ははっきりと思いだすことができる。

あれほど芙美に釘を刺されていた機敷埜博士邸へ足を向けてしまったという引け目もあった。芙美は知っているに違いない。

とにかく、再び大介に会えた礼を言おう。気をしっかり持って取り乱さぬように。

そして……。

芙美が責めたら、言い訳をせずに、しっかり受け止めよう。

芙美との約束を破ったのは自分なのだから、何を言われても仕方がない。

償えと言われたら、償うしかない。しかしどう償えばいいのかわからない。まさか、金銭で償えるとは思えない。金銭で償えと言われた方が気は楽だと思えるのだが。

登り坂だからというわけだけではなく、足を運ぶ速度が鈍《にぶ》った。

カフェをやっているのに焼菓子の手土産というのはズレていたかな、という考えも浮かんだ。まあ、いいか。プライベートな時間帯でつまんでもらえばいいし。

過去に跳んで、無意識にカフェを訪ねようとしたときは、商店街あたりから、いつの間にか辿り着いてしまっていた。坂道だったという意識さえもない。

ただ、住宅街に植えられた街路樹の印象だけが強い。

しかし、今日は商店街からの距離が遠いように感じる。やはり、無意識のうちに、芙美と会いたくないと思っていることの表れだろうか。

だらだら坂を上りきった。そこに、カフェ「デイ・トリッパー」があるはずない。

目を疑った。過去へ跳んだときの古い洋館風の民家が建っているだけだ。

過去へ跳んだときの記憶にある風景と寸分《すんぶん》変わらない。

あのときも驚き、立ちつくしていた。そして坂道を自転車を押しながら機敷埜老人が上ってきたことは忘れもしない。

カフェ「デイ・トリッパー」はどこへ消えたのか？　何かが大きく変わったということなのか。

カフェの奥で自分は薬剤を飲んで過去へ跳んだ。

心だけ。

だから、未来へ引き戻されるときは、元の「デイ・トリッパー」の装置の中にいる自分の肉体に戻ってくるものだとばかり思っていた。

カフェ「デイ・トリッパー」が存在しないなら、装置の中に香菜子はいないことになるではないか。

当然、他の場所にいる香菜子の肉体に戻ってくるしかない。

論理的に合っているかどうかは、わからないが、現実にはそうだったではないか。

それが、自宅の布団の上で気がついた理由ということになる。

洋館風の民家に香菜子は近づく。

あのときのままだ。

カフェの気配もない。ということは、ここに笠陣芙美はいないということなのか？

木製ドアの表札には見覚えのある書体があった。

〈機敷埜〉

この屋敷は芙美の手に渡らなかったのか？　機敷埜老人亡き後、ずっと空き家になっているということか？

いやひょっとして、芙美が相続したが、カフェはやらなかったという可能性もある。

勇気を出して香菜子はインターフォンに手を伸ばす。

21

何度も指を伸ばしながらインターフォンを押すことはできなかった。香菜子が過去へ跳ぶ前のカフェが存在しない機敷埜邸。

大きな歴史の変化は起こっていないと思っていた。

過去から戻ってきたら、かつての時間軸では顔も知らなかったし、話したこともなかった人たちの過去の記憶に、香菜子は存在していた。これも過去改変、つまり史実改変ということになるのだろうが、そんな改変は香菜子は些事《さじ》としか考えていない。

いや、本当は、些事などではない。

香菜子は芙美から聞かされていた。ほんの少しでも過去のできごとが変われば、遠い未来でとんでもない変化に拡大していくのだ、と。

だが、過去改変の最たるものは、大介が助かってくれることだ。それ以外の変化はとるに足らない。

しかし、カフェ消失という変化には、やはり驚いた。

思いきって、インターフォンを押す。押したことで、胸のどきどきが少し鎮まった気がした。なるようになると開きなおれた気がする。

しばらく、何の反応もなかった。

このまま帰ろうかと、踵を返したときだった。

「はーい。どなたさまですか？」

女性の声だった。芙美の声に似ている。どうしよう、と香菜子は思う。このまま逃げだしたいという衝動も起きそうだった。

思いきって言った。

「中川と申します」

するとインターフォンは何も答えなかった。

香菜子には、長い長い時間が経過したように思えた。もし、今の声が芙美だったら、どうしよう。

ここは、デイ・トリッパーが発明されないまま機敷埜博士がこの世を去った世界なのだろうか？

そうであれば芙美には、何と言えばいいのだろう。芙美は過去へ跳んで香菜子が行った温泉旅行を責めたりするのだろうか？

もう逃げたりはできない。中川と答えてしまったのだから。さっきの声が芙美であれば訪ねてきたのが香菜子とすぐにわかっただろうから。

そしてドアが開いた。

顔を見せたのは、やはり芙美だった。

「はい。お待たせしました」と芙美は言った。

どう切りだすべきか、迷ったが、香菜子は言った。

「帰ってきました。帰ってきたご挨拶にまいりました」と香菜子は言った。

目の前の女性は芙美に間違いなかった。ただジーンズをはいてカジュアルな印象だ。

そして、香菜子にこう言った。

「どちらの中川さんですか？　どちらから帰られたのですか？」

「中川香菜子です。芙美さんですよね。笠陣芙美さんですよね」

「そうです」

「あなたに、デイ・トリッパーという機械で過去へ送ってもらいました。機敷埜博士が残された機械です」

芙美は、そんなはずはないというように、頭を大きく振った。

「私はあなたにお会いしたことはありません。でも、機敷埜が残した機械ならあります。伯父がデイ・トリッパーと呼んでいたものです。伯父は、それで過去へ心を送り込むことができると言っておりました。私は伯父の言うとおりに操作をしていました。その後、その機械は伯父が一人で扱うようになりました。それを何故あなたが知っているのですか」

かつて、この時間軸で香菜子が芙美に声をかけられた事実は存在していないようだ。だが、初対面の香菜子から顔を知られており、名前まで呼ばれた驚きは隠しきれない様子だった。

「どうぞ中へお入りください。約束の時間までしばらくありますので、お話を聞かせてもらえますか?」

芙美の言葉に従いドアをくぐる。芙美だとわかったとき、彼女から激しく糾弾されることを覚悟した香菜子だったが、まったく違う方向に事態は流れているようだ。芙美の誘いに応じたのも、芙美との話の中で、より真実に近づけるのではないか、という気持ちがあったからだ。正直、少し安堵していた。

しかし、約束の時間というのは、何のことだろう。

「お邪魔します」

天井の高い広い部屋だった。この部屋の広い空間を利用して、そのままカフェにリフォームしたのだ。

今は応接間として利用されているらしいが、部屋の隅々に荷物や書物がうずたかく積まれてその上にシーツをかぶせてある。それらを片づければカフェ「デイ・トリッパー」に変わるのだな、と香菜子は思う。照明も充分ではないので、なんとも薄暗い。研究に没頭する機敷埜博士がいつ物陰から現れても不思議ではないような気がした。

隅に置かれていた椅子のシーツをとって、その一つを香菜子にすすめ、もう一つの木製椅子に芙美は座った。

「こんな殺風景なところでごめんなさいね。私も急にこちらに来ることになったものだから、何の準備もできなかった。でも、もう少し遅く着いていたら、あなたと会えなかったかもしれない」

ということは、芙美はこちらで暮らしているのではないらしい。

香菜子は少しだけ迷ったものの、これまでの経過を隠さずにありのままに伝えた。過去へ行くにあたってのさまざまな制約を香菜子に与えたのは芙美である。その芙美に経過を説明するのは、当然の義務のようにも思えた。

芙美は香菜子の話に口を挟むことはせずに、何度もうなずきながら聞いていた。ときには遠くをぼんやり眺めたり、信じられないというように首を振ったりするのだった。

できるだけ香菜子は感情が表に出ないように冷静に語ろうと努めた。いかに大介と再会したかったかを話し始めると、自分でも気持ちが高ぶってくるのがわかる。そうすると、歴史が変わることまで覚悟して、大介を助けようとしたのだと芙美に思われるかもしれないので、必死で感情を抑えた。

そして、現在へと心が引き戻されたのだと話した。結果を伝えるために、礼を述べるために芙美に会いにきたのだ、と。もちろん話していないこともある。過去で機敷埜博士と会ったこと。根子島に芙美が現れ、香菜子に忠告したこと。

隠したわけではない。大まかな経過だけを芙美に知ってもらうために話したのであって、これから芙美から詳細を質問されたときはその都度、話していこうかと思っていた。

「私が、中川さんと会った記憶がなく、ここがカフェでないということは……今、中川さんが本当のことだけ話したというのであれば、中川さんが過去へ跳んで歴史を変えてしまったということなのね」

芙美は、やっと口を開いたとき、まず、そう言った。

「そうです」と香菜子は答える。否定できない。「そういうことになります」

そう答えたものの、芙美から責められることはなかった。何故なら、今、目の前の芙美にとっては、これが正しい歴史なのだから。香菜子を過去へ送った自分がいる世界は芙美にとっては、ありえたかもしれない世界に過ぎないということだ。

「その世界と、この世界は、少しだけ……そうね。数カ月から数年のタイムラグがあるだけで、基本的には同じように流れていくのかもしれないと思えたわ」

香菜子は芙美が言うことの意味がよくわからない。

「それは、どういう意味ですか？」

「こちらに今日、私が来ていたのは本当に偶然なんです。機敷埜の伯父の顧問《こもん》をやっている法律事務所から連絡があったんです。そして、今日、ここで会うことになった。だから私はここにいた。香菜子さんとお呼びしていいですか？　香菜子さんが、ここへ訪ねてきて話を聞きながら、最初は私を大がかりな嘘で誰かが欺《あざむ》こうとしているのではないかと思ってしまいました。でも、今、香菜子さんの話を順序だてて聞かせてもらって、まず最初に思ったのは、信じるにはあまりにも突拍子もない話だということ。逆に、そんな嘘か本当かわからないことを私に信じさせて、香菜子さんにどのような得があるのかと思ってしまった。でも、香菜子さんには私が信じたところで何の得にもならないのね。むしろ、香菜子さんはより真実に近づきたがっているに過ぎないとしか思えない。だとすれば、これは直感なんだけれど、香菜子さんの話す現実も同時にあるんだ、と思えるようになった。

今日、私がここへ呼びだされている用件もはっきりとは聞かされていません。伯父の資産についての話というぼんやりしたことだけ。今、香菜子さんの話を聞いたら、これから、私がここで法律事務所の人たちから聞かされる話もぼんやり見えてきたような気がしたの」

「そうですか」

「私、伯父の機敷埜のことはとても変わった人だと思っている。いつも何を考えているかわからなくて、ころころと言うことが変わる。でも、よくわからない伯父だけれど、私のことはとても可愛がってくれた。それに、なにかあると私のことを頼りにしてくれた。だから、伯父は風変わりだけど、私は大好きだった。だから、私は伯父にはあまり干渉しないで、伯父が私のことが必要と考えて連絡をくれたときだけ伯父に会うようにしていた。伯父の研究で彼一人ではどうしても進められないものは、その守秘性も考えて手伝いを私に頼んできたんです。そんなある日、もう一年以上前になるのかしら。私に打ち明けたことがある。自分は悪い病気に罹患《りかん》している、と。それで、もしものときには、自分の資産と研究のすべてを引き継いでもらえないか、と。そのときは、私はまだ本気で考えていなかった。伯父の見た目はちっとも変わっておらず、健康そうに見えた。だから、軽い冗談で言っているのかくらいに考えて、気安く、いいわよと伯父には答えた。それが最後。それから伯父からは何の連絡もなかった。伯父は気まぐれだから、そのうちにふっと連絡がくるのかもしれない、と思ったり、そんなときに伯父がかかっているという悪い病気のことを思いだしたりしていました。でも、伯父はこちらから連絡しようとしてもほとんど連絡がつかない人なのです。だから、気になって訪ねても不在ばかりで連絡のとりようがなかったし、あまりに長いこと連絡がないから、最近では悪いことばかり考えていた。だから、やはりって。

そうなのね。もう一人の香菜子さんが過去へ跳んだ世界では、すでに機敷埜の伯父さんは亡くなっていて、すべてを私が引き継いでいるのねぇ」

　そこで芙美は大きく溜息をついた。そして続ける。

「それを聞いたら、ここに私が呼ばれたのも納得がいく。この世界でも機敷埜の伯父さんは……。タイムラグが起こっていたけれど、やっとこちらの世界が追いついたということかしら。伯父さんの不幸の知らせをとばして、相続手続きの方が先になったということなのかしらね。そう思えるようになったところ」

　そうなのか、と香菜子は思う。機敷埜老人も助からなかったのか。だから、芙美は、機敷埜老人の屋敷と研究をすべて相続することになるのか。

　それでは仕方がない。

　くわしい事情はこれ以上知ることはできない。ここへ来ても、これ以上は真実を知ることはできないと痛感していた。

　ノックの音がした。

「はい」と芙美が返事する。きっと彼女が言っていた法律事務所からの訪問者だろう。どうしよう、と香菜子は一瞬迷った。自分はここでは部外者なのだ。

「じゃあ、私はこれで」

　立ち上がりかけると、芙美が手を上げて、香菜子を制した。

「あ、香菜子さんも一緒に立ち会ってもらえませんか？」

香菜子は驚く。「えっ。いいんですか？　お話の邪魔にならないんですか？」

「いいんです。伯父に関してのことであれば、話を聞かれて香菜子さんだからこそ見えてくることがあるような気もします。もし、あれば後で教えていただければ、と思います」

芙美はそう言った。それは彼女の本心のようだった。

「わかりました。では、お言葉に甘えさせていただきます。できるだけ目立たないようにしていますので」

芙美は笑顔を浮かべて扉へと向かった。

芙美が扉を開けると中年男が立っていた。「――法律事務所の――」と聞こえる。芙美が彼を室内へと入れた。それから芙美は部屋の隅へ行き、椅子を摑んで香菜子の近くへと運んだ。

男は、香菜子を見て、少し驚いたような表情を浮かべた。すかさず芙美が紹介した。

「私の親友の中川香菜子さんです。大事な話のときは、必ずご一緒してもらうことにしています」

それを聞いて、香菜子はどぎまぎしてしまう。芙美が、平気でそんなデタラメを言ったからだ。逆に、法律事務所の人間とは日頃、芙美は顔を合わせることはないのだ、と安心する。男は、今気がついたかのように香菜子を見て笑顔で数回うなずいた。同席してもかまわないということか。

「笠陣様が、それでかまわないということであれば、こちらとしては問題ございません。これからは、何度か時間を割いていただかなければならないと思います。できるだけ、スムーズに手続きを済ませてまいりたいと思いますが、署名、捺印が必要となります。急のことでしたのでこちらも書類がまだ揃っておりません。今日はご説明ということでご了解いただきたいと思います」

それから、男は香菜子の方へ向いて、頭を下げた。

「永澤《ながさわ》法律事務所の永澤といいます。よろしくお願いします。笠陣様の伯父様にあたられる機敷埜風天様の事務方をすべて任せられ、これまでもさまざまな場面でお手伝いさせていただいております。法律事務所ですが法務事務を始め、司法書士事務や、会計税務事務、特許出願手続きまで、すべて承《うけたまわ》っております。機敷埜様に当事務所は全面的にご信頼いただいています」

そんなすべての業務を一つの事務所だけで請《う》け負えるものか香菜子は不思議でならなかった。そのとき気がついた。永澤という男は笑みを浮かべて話しているのだが、細めた目の奥が実は笑っていないということに。彼はこのような作り笑いが身を守るのに有効だと本能的に悟っているにちがいなかった。

「機敷埜様は自分の時間は限られているから、与えられた時間は自分にしかできないことに使う、が口癖でした。だから発明をしてもその後どう利用するか、どう特許をとるか、どう事務処理をしていくかは、まったく考えなかった。そんなことは自分でなくてもできるはずだと。だから、私の事務所にすべてを任せられたのです。ちなみに、この永澤法律事務所は、私、永澤一人でやっております。そして、私どものお客様は機敷埜風天様だけです。機敷埜様の有形資産、無形資産のすべての管理をやっているだけで事務所は回っていくのでございます」

そして永澤という男は笑顔のまま再び、香菜子に一礼をしたのだった。

そのときの永澤の身体つきで思いあたった。――私、この人を前に見ている。

香菜子は思いだそうとする。どこで、この人を見たのだろう。

あのときだ。

まだ香菜子がデイ・トリッパーの存在も知らない頃。沙智とまいと三人でホテルで会っていたときだ。レストランで背後のテーブルに笠陣芙美がいて沙智に声をかけてきた。それが香菜子が芙美を見た最初のときだったはずだ。

そのとき、芙美と同じテーブルにいた男。

彼だ。

あのときも笑顔だった。首をすくめるように頭を下げる仕草。そして笑顔のくせに笑っていない目。

あのとき、芙美は機敷埜風天の正式な相続人として、遺産を相続する手続きをしていたのだ。

たくさんの書類に署名していた。

ということは、今からあのときのように儀式にも似た芙美の相続手続きが始まるということか。そうなのか。

やはり、機敷埜老人は、もうこの世にはいないのか、と香菜子は思う。病の魔手《ましゅ》から逃れることはできなかったのか。そうであればこれから永澤法律事務所は、芙美が相続する機敷埜老人の資産を管理し、特許で得る利益の運用をこれまでどおりやっていくことになるのだろう。

ここはホテルのレストランではない。そして、あのときは芙美とこの永澤という男の二人だけだった。しかし、これから香菜子の目の前で機敷埜風天の相続手続きが行われようとしている。

この程度の歴史の変化は起こって当然という範囲なのだろうか？

「今日、笠陣芙美様に、この機敷埜風天様のお屋敷にご足労《そくろう》いただいたのは、芙美様の意思を最終確認させていただくためでございます。笠陣芙美様は、機敷埜風天様のすべての資産を相続される意思はございますか？　確認ができましたら、当方ですべての手続きに入らせていただきます」

やはりそうだ、と香菜子は思う。微妙な差異はあるにしても、デイ・トリッパーが存在した前の世界の状況に復元されつつある。

「待ってください」と芙美が言った。「伯父とはまったく会っていないんです。研究の手伝いにと呼びだされたのが半年前。それから、何の連絡もなかったのに。伯父が難しい病にかかっているという話は聞いていました。しかし、死去の知らせももらっていないんです。なんだか、あまりにも話が唐突に進みすぎていて……。すみません」

永澤は、芙美を見据えていた。そのときは笑顔が消えていた。

「機敷埜様は、前に笠陣様に自分の資産を相続してもらえるか直接確認したことがあると仰《おっしゃ》っていました。それに、法的にも相続を受ける権利を有しておられるのは、笠陣様だけになります」

「はい」と芙美はうなずく。「しかし、伯父はいつどこで亡くなったんですか？」

それは、ぜひ香菜子も知りたかった。

永澤は、そこで大きく目を見開いた。

「私は、機敷埜様の資産を笠陣様が相続されるかを確認しております。ひとことも私は機敷埜様が亡くなったなどと申し上げておりません」

そのとき、ドアが開き、誰かが入ってきた。皆がいっせいにそちらを向く。

「やあ、時間がとれたよ。なんとか、私も同席したくてね。永澤くんお世話さま」

機敷埜老人その人が入ってきた。

22

香菜子は、あんぐりと口を開けた。顎が外れそうになるほど驚いていた。驚いていたのは香菜子だけではない。芙美にも予想外のできごとだったということか。顔色が蒼白になっているのが、香菜子の目にもはっきりとわかった。

夢を見ているのではない。機敷埜老人と香菜子は過去世界では顔を合わせている。見紛《みまご》うこともない。

まさか、機敷埜老人が元気だったとは。過去から出発した時間に引き戻されて、少しずつ現実が変化していることには気がついていた。かつては言葉も交わしていない人たちと顔見知りになっていたり、声をかけられたりというできごとが、その証拠だ。大介が残したメモも微妙に変化している。

だが、香菜子の感覚としては、それほど大きく現実が変化したとは思っていない。ほんのちょっぴり変わったと思っているだけだ。それは、香菜子にとっての優先順位と関係している。トップにあるのは大介の生死。他のことは、ずいぶんと下位にくる。香菜子は気にしない。たいていのことでは驚かない。

しかし、今は違う。死んだとばかり思い込んでいた機敷埜老人が、世の中を超越したような表情で突然香菜子の前に出現したのだから。

永澤は、平然とした様子で機敷埜老人に椅子を勧めていた。永澤という男は、芙美に機敷埜老人の資産を相続してもらえるかと最初に確認していた。それで、てっきり機敷埜老人は死んだものと思い込んでしまったのだ。

「心配したのよ！　伯父さん。何も連絡がなかったから、てっきり、私……」

と芙美が最後は涙声になっていた。芙美も驚かされたことがわかる。そして、どれほど芙美が機敷埜老人のことを慕っていたかも。

「やあ、すまんすまん」と機敷埜老人は肩をすくめ、頭を掻いた。

「そこまで心配してくれていたとは。いや、私もいろんなことを思いついているのでな。

それを実現させせんといかん。だから後顧《こうこ》の憂《うれ》いがないように生前贈与を思いたったんだ。私の財産は全部、芙美が引き受けてくれると安心だ。芙美の性格ならすべてを託しても大丈夫だと、私は昔からわかっとる。さあ、永澤くん。私のことは気にせず進めてくれたまえ。気が変わったら、また中途で席を立つかもしれんからの」

「はい。粛々と進めさせていただいておりますから」と、永澤は眉一つ動かさずに答える。もちろん笑みを感じさせせない笑顔のまま。

「私に……全財産を贈ったら、伯父さんの生活はこれからどうするんですか？」

芙美は心配そうに問いかける。

「なあに。生活に困ったら、永澤くんに言えば、どれだけでも都合できる手筈《てはず》になっているよ。有形のものは芙美に渡しても、無形のものでお金を生む方法を永澤くんには伝授してある。今、永澤くんがやっているのもボランティアみたいな仕事ばかりだものな。儲《もう》けはこれ以上増やしても意味がないことを知っているから」

それから、機敷埜老人はやっと香菜子に視線を向けた。

そして「こんにちは」と唐突に声をかけた。

「こんにちは」とあわてて香菜子も頭を下げる。

「伯父さん。中川さんのことをご存知なんですか？」と芙美が尋ねると、機敷埜老人は悪戯っぽい表情で、目を大きく見開いてみせた。

「ああ。おかげで病気を克服できた。だから、生きながらえてこうして、芙美の前に顔を出すことができた」

「あ」と芙美は納得したように言葉を呑み込んだ。「じゃあ、中川さんの言うとおり、二人は本当に顔見知りだったのですね」

「ああ、これから、中川香菜子さんの所在を私なりに捜すつもりでいた。だから、探す手間が省《はぶ》けて大助かりだ」

それを聞いた芙美は、香菜子から聞いたことと話が合致することで、腑に落ちたようだった。

「では、笠陣芙美様が、機敷埜様の資産の生前贈与をお受けになることが確認できましたので、これから手続きを進めさせていただきます」

永澤が、機敷埜老人にそう宣言すると、老人は大きく頷いた。

「私は、永澤くんを信頼しているから、どんどん進めてくれたまえ。こちらへ戻って中川香菜子さんの所在を調べる手がかりを捜すのが、もう一つの大きな目的だったのだよ。香菜子さんは私がここに住んでいると信じているはずだから、今の芙美が中川さんと面識がなくても、いずれ必ずここへ訪ねてくると読んでいたからね。ここで待機すれば中川香菜子さんに会える。そのつもりだった。長期戦かと思えば、ぴったり中川香菜子さんが芙美を訪ねているときに私も出くわすとは、偶然とはいえ、なんという確率だろうね」

「は、はい」と香菜子も頷く。

「さて、私はこの中川香菜子さんと二人だけで話したいことがある。もちろん、かまわんだろう？」

永澤は、書類を持つ手を止め背筋を伸ばして機敷埜老人の方を向いた。これ以上の敬意をはらいようがないというように。

「もちろんです。私にそのように気を遣われることさえ無用でございます」

機敷埜老人は、安心したよ、とでもいうように大きく頷き、「裏の棟に行くから」と芙美と永澤に伝え、香菜子に目配せをした。さっさと機敷埜老人は外に出る。あわてて香菜子は二人に一礼をして、老人の後を追った。

ひょっとしてと香菜子は思う。機敷埜老人が暮らしていたという棟は……。

「一応ここに暮らしてはいるが、いろんなところを駆けまわって、最近はほとんど不在だった。掃除もやっていない。少し汚いかもしれないが我慢してくれ」

振り返りもせずに機敷埜老人は大きな鍵で観音開きのドアを開けた。

「はい。大丈夫です」と香菜子は答えた。

懐かしいにおいがした。甘酸っぱさが溶けあったようなにおいだ。芙美に初めてこの棟に入れてもらったときのことを思いだした。

左右を見ると、研究書が棚に並んでいる。

「この本は、すべて読まれたのですか?」

最初に、この部屋に入ったときの疑問が素直に口をついて出た。

「ああ。私は読むのが速いんでな。だが、この年齢になると物忘れも激しくなって、捨てるに捨てられん。よく、確認せにゃならんことが出てきてな」

ああ、やはり読破しているのか! と香菜子は舌を巻く。機敷埜老人は、そのまま奥の部屋へと進む。

「デイ・トリッパーのある部屋ですね」と思わず口にする。すると、それまでそそくさと歩いていた機敷埜老人は立ち止まり、振り返って大きく頷く。

「そのとおり。あなたが過去へ跳ぶ時間軸ですでに来ていたという証拠になりますね」と笑顔を見せた。部屋の中は、これまでのにおいに加えて機械油のにおいも加わった。

「ちょっとお待ちください」

機敷埜老人がスイッチを入れると室内が明るくなる。月世界に射《う》ち出される砲弾のような形をしたデイ・トリッパーが目に飛び込んできた。

「遡時誘導機……でしたね。正式には」

「そうです。どうぞ、こちらへ。ここなら、誰にも話を邪魔されることはない」

機敷埜老人は、部屋の隅から折り畳み椅子を二脚持ってきた。一つ渡されて香菜子は、それに腰を下ろした。機敷埜老人も、香菜子の真正面に椅子を置いて座る。彼の生真面目さが伝わる。真っ直《ま》ぐ《す》に香菜子を見つめていた。

数度、瞬きして機敷埜老人は言う。

「一刻も早く、お会いしてお礼を言わなければならんと思いましてな。芙美に聞けばわかるかと思って戻ってきてみたら、まさかここでお会いできるとは思わなんだ」

「お礼って……。私にですか？」

「そう。デイ・トリッパーが使えるようになったお礼。そして私が命拾いできたお礼。病を早く発見できたのは、あなたのおかげですよ。デイ・トリッパーをあなたの言うとおりの方法で作動させ、自覚症状もない発病前の自分の過去へ跳ぶことができた。だから、最小限の治療で完治できたのですよ。つまりあなたは……、デイ・トリッパーにとっては〝発明の母〟だ。おまけに、私の命の恩人ということになる」

機敷埜老人は香菜子が過去へ跳ぶ時点ではすでに亡くなっていた。そのことをどう伝えればいいのか。香菜子は口ごもる。必死で、香菜子は言葉を探す。

「私は死んでいた。そう言いたいのではないかね？」

香菜子の様子を見て察したのか、機敷埜老人は冷静にそう言った。香菜子は頷くことしかできなかった。だが、その疑問だけは確認しておきたかった。

「一つ伺いたかったのですが」

「おお。なんでも遠慮なく尋ねてください」

機敷埜老人は、またも背筋を伸ばした。

「私が過去へ跳ぶとき、芙美さんから過去のできごとに干渉してはいけないと言われました。伯父さんがそう主張していたから、と。だから、私はできる限りそう努力をしました。もちろん、完全に約束が守れたわけではありませんが。そして、現在に引き戻されたのですが、いろんなことが少しずつ変わっているのがわかります。過去へ跳ぶまで話したことがなかった人と知り合い、現在へ戻っても親しく話すことができる。他にもいろんなことが。一番大きい変化は、機敷埜さんがお元気でいること。そして私の意識はここから跳んだから、ここにいる身体に戻ってくるはずなのに、実際は自宅の布団の中に戻っていました。

これって、いいんでしょうか？

私が過去へ跳んだことで、これから歴史も本来のできごとからもっともっと大きく変わっていくのではありませんか？　これ以上、歴史が変わっていいんでしょうか？」

機敷埜老人は、香菜子が話す間、背筋をぴんと伸ばしていた。しかし、視線は泳ぎ、途中で香菜子はこの人は真剣に聞いているのだろうか、と不安になった。

機敷埜老人は、そこで上を見上げ、右の掌を上げた。香菜子は口を閉じる。

「以前の私なら、そう言ったかもしれませんな。歴史を変えてはいけない。過去のできごとを変化させれば、未来は大きく変わってしまうから、と。芙美にもそのように伝えたでしょう。しかし、今は時の流れに対しておおらかな考え方に変わりましたよ。実際、私も何度もデイ・トリッパーで過去を体験しましてね」

「ということは歴史を修正できる方法があるのですか？」

そう香菜子が尋ねると機敷埜老人は肩をすくめた。

「そうじゃないんですよ。過去へ跳べばどんなに注意をはらっても歴史に変化が生じます。これは、元の世界の隣に新しい世界ができあがるようなものです。元の世界がなくなったということではなく、新たな世界が次々と生みだされていく。そうなると、どの世界が正しいということはどうでもよくなるのです。そして、どの世界もどの歴史もアリ、そして正しいということになるんですよ。だから、私がデイ・トリッパーが実用化できなかった世界がある横に、未来から来た香菜子さんがデイ・トリッパーを使えるヒントを教えてくれ、私が病から立ち直ることができた世界がある。デイ・トリッパーに乗る前の香菜子さんの身体に引き戻されたのも、そういう世界もあるということですよ。それが時を超えたときのあたりまえの現象なのだと考えれば、何も思い悩むことはありませんから」

「それでいいんですか?」

「それでいいのです。私が死んだ世界の横に私が助かった世界がある。私の周りにもいくつものほんの少しずつ異なる世界が生まれたとしても、世界の大きさは無限なんですから。どれだけ変化した世界が生まれても、無限はすべてを包み込める。どんなに変化が生じても、かまわない。やってはいけないことは何もない。タイム・パラドックスの話は芙美はしましたかね。私がこのような形で遡時誘導機を作ったのも、これがタイム・パラドックスが一番発生しない方法だろうと私が思い込んだからです。

しかし、タイム・パラドックスなんて恐れる必要は何もなかった。矛盾が生じようとすると、時間自身が解決してくれる。何がタイム・パラドックスかパラドックスでないかも時間に意志があるかのように判断してくれる。だから、我々の方が狭い了見《りょうけん》で判断しようとするよりも、流れに任せた方がよいことがわかったのですよ。起こってはいけないことは絶対に起こらない。目的を達成しようとしても〝時間の意志〟が阻止してしまうのですよ。勝手にね」

「それは、どういう例があるんですか？」

「うん。たとえば一番身近な例では、自分が生まれる前の親を殺そうとするとか、ですかね。思いもよらぬことを時の神は許さなかったり、いろいろですよ」

そのとき思い浮かんだのは大介のおもかげだった。

いろいろと機敷埜老人から話を聞いているうちに、もっと大胆に大介を救う手段はとれなかったのだろうか？　と思えてくる。香菜子は、芙美の言葉をいつも思いだして脅えるようにして大介を見守っていた。もちろん、大介と一緒にいられることはこのうえない幸福だったが。

機敷埜老人がもっと早く教えてくれれば、いろいろ方法を試せたかもしれないのに。

歴史は少しずつ変わった。だが、一番大きく変わったのは機敷埜老人が元気で存命であることだ。

なのに、何故、大介はいないままなのだろう？

〝時間の意志〟がタイム・パラドックスを防ぐこともある、と言っていた。それは過去の事象には変えられるものと変えられないものがある、ということなのか？

機敷埜老人の生命は救えて、大介の死は不可避だというのか？　大介が助かることを時は許してくれなかったのか？

そこで、機敷埜老人が再び口を開く。香菜子は我に返った。

「質問にはお答えしたが、それでいいかな」

もちろん、香菜子は完全に納得できたわけではないが、ありがとうございます、と答える。

機敷埜老人は続けた。

「それでな、話というのは……」まだ、機敷埜老人は話の本題に入っていなかったのだということがわかる。

「まだ、あなたとの約束を果たしておらん。それが気がかりでな」

「約束……」

「おお。香菜子さんのご主人のことですよ」

機敷埜老人は覚えていてくれたのだ。香菜子の方こそ、その一点こそが機敷埜老人に尋ねたいことだ。思わずごくりと生唾を飲んだ。商店街のはずれの喫茶店で、香菜子は大介の病気について、できる限り、知っている限りの話をした。

機敷埜老人が医学について門外漢であるということは香菜子にもわかる。しかし、希望を託すとしたら、機敷埜老人しかいなかったのだ。

あやうく、感極まって涙が溢れそうになった。

「はい。自分に対しての動機づけです。誰のおかげで今、生きながらえているのだ、と。恩に報いなくてどうする、と」

「わかりました。大介の死は時が変更を許さないできごとというわけではないのですね」

一瞬、機敷埜老人は口ごもる。ということは、そんな可能性もゼロというわけではないのか。

「お願いがあります」

「何でしょう」と機敷埜老人は香菜子を凝視する。

それは、機敷埜老人の話を聞いて思ったことだった。

彼は、何度も過去へ遡行して大介を救うために研究をしている、と言っている。

香菜子は過去へ跳ぶことは一度しかできないことだ、と思い込んでいた。芙美からデイ・トリッパーを利用するか尋ねられたときも、たくさんの条件を出された。その条件を守ることを約束させられた。

それほど枷《かせ》が多い装置であれば、利用制限はあって当然だと思ってしまうのは仕方のないことだ。

しかし、機敷埜老人の話を聞いていると、あたりまえのように何度も過去へ跳んでおり、それが自分の努力の証のように話している。

香菜子は、機敷埜老人の報告を聞きながら少し腹が立っていた。

「遡時誘導機は、一人一回しか使えないということではないのですね」

「どういうことですかな?」

香菜子は思いきって頼んだ。

「私をデイ・トリッパーでもう一度、元気な大介に会わせてください」

23

機敷埜老人は、すぐには答えず、じっと香菜子を見た。それから、おもむろに口を開く。

「一回の過去行きでは、ご主人への想いを断ちきれないということですかね。それは、何度試みようとこれで満足したと納得できることはありませんぞ。香菜子さんがご主人を慕っておればおるほど。また、現在に引き戻されたら同じ苦しみを味わうことになる。そうなると、それは地獄の責め苦に等しくなる。何度あなたが過去へ戻ってもご主人を救うことが叶わないまま。無限に続く地獄です。もちろん、過去へ行くことは可能です。でも、同じつらさ悲しさを何度も味わってもいいと言うのですか?」

「はい! 大介の……主人の横にいることができれば……それだけでいい」

「今度は自分の正体をご主人に打ち明けるつもりでいるんですな。運命を変えるために」

香菜子は黙った。

「それでご主人が助かるとは思えません。まずは、救う治療法を確立させないと。打ち明けてご主人を救えなかったら、どうするんです。運がよければご主人を救えるのではないか？　そんな甘い考えでは運命は変わりませんよ。香菜子さんがご主人を救えると信じて行動した結果が、かえってご主人を苦しめることになる可能性もあるということを知っておいた方がいい。それでも行きたいと言うのですか？」

もちろん行きたい。大介のことが好きだから、もっと一緒にいたい。それは大介のためというより、自分のエゴなのかもしれない。でも、自分の気持ちは欺けない。

「お願いします。主人の前では病のことは口にしません。しかし、私はできる範囲で大介を守りたい。そして大介に会いたい」

機敷埜老人は、そのとき博士の顔に戻っていた。そして大きく頷く。

「私は、香菜子さんに大きな恩がある。だから、あなたがそう望むのであれば、もう一度、過去へ送りましょう。ただし、今回は自動的に引き戻されることはないと覚悟してください。今度は、ご主人の死を再体験し、そして現在までを過ごさなくてはなりません」

「そうしたら、機敷埜さんを捜します。そしてうまくいくまで、もう一度」

「それは無理です。あなたは最初のデイ・トリッパー使用のときに、必要な薬剤を二種類飲まずに跳んでいることがあとでわかった。あなたが跳べるのは、せいぜいあと一回。今回、もし使うとしても、跳べる確率は、五十パーセント以下と思ったほうがいい。他にも意識障害の可能性も考えられる」

そこで、機敷埜老人は念を押した。

「それでも行くかね」

「お願いします」

機敷埜老人は、それ以上、香菜子を止めることはなかった。

二人は同時に同じ方向に視線を向けていた。

そこには、上半分が透明なカバーの遡時誘導機があるのだ。それから、二人は顔を見合わせた。

「すぐにでも行きたいのですか?」

心が過去へ跳ぶのに必要な準備は何もないと香菜子は思う。もしも、今回跳んで運命を変えられなければ、大介を救えなければ、二度と過去へ跳ぶチャンスは失われてしまうのだ。だが、そんなリスクは覚悟のうえだ。過去へ行かなかった後悔よりも、行ってできなかった後悔のほうがましと思えた。

「はい。すぐにでも」と香菜子は答えた。

機敷埜老人は香菜子の目にも一風変わった人と映るのだが、香菜子の返事を聞いた後の行動は何の迷いもなく見えた。ただ、遡時誘導機を起動させようと準備を続けながらも、機敷埜老人は、複数回過去へ跳ぶことで予測される危険性について呟き続けていた。自分が予測している意識障害だけでなく、思いもよらない身体への影響が起こっても不思議ではない、と。そして、二度目の遡時で、大介その人に矛盾が生じて、より深刻な症状を早く引き起こす可能性もないとは言えない、とも。

しかし、どのような危険性があると脅かされようと、香菜子にとっては、もうどうでもいいことだった。それに本当に世界に危機が訪れる規模のことであれば、機敷埜老人はデイ・トリッパーに近寄ることもしなかったはずだ。

そして機敷埜老人は砲弾型のデイ・トリッパーのカバーを開き、底部のメイン・スイッチを入れた。

壁際の装置群も明滅を始める。見覚えのある光景だ。かつて、香菜子が座った椅子が見えた。

あのとき、あの場所に機敷埜老人の代わりに芙美が立っていたことを思いだす。

あのときと同じ薬剤を飲まされるのだろうか？

「じゃあ、やりますか。そこに座って」

機敷埜老人が言う。そして「本当にいいんですね？」と念を押した。

「覚悟はできています」

香菜子は腰を下ろすと、目の前のヘルメットを自分でかぶった。機敷埜老人は頷いた。

これから、あの毒々しい色の液体を飲まなければならないのか、と思うと、嫌な気分になる。

機敷埜老人がデイ・トリッパーに近づき、カバーを閉めようとする。

「あ」

思わず香菜子は小さく叫んだ。

「どうしたね」

「いえ。薬をまだ飲んでいないんですが」

「ああ。香菜子さんが最初に飲んだ薬は、トリップする者の体質を慣らすためのような役割だとわかった。いわば触媒《しょくばい》のようなものだ。だから次回からは不要になる。心配ない。落ち着いて、最初のトリップのときのような心もちになっていればいい」

先程、機敷埜老人が言っていたことはそういう意味だったのか、と香菜子は理解した。

だが、本当だろうか？

機敷埜老人はカバーを閉じようとする手を一瞬止めて、念を押すように言う。

「香菜子さん。私は必要と思われる忠告はすべてしたつもりだ。後悔はないな」

「ありません」

カバーは閉じられた。

「よし、始めるぞ」と機敷埜老人の声が耳元でした。

「お願いします」

「気を楽にして心を落ち着けておればいい」

そう言われるのが逆効果のように思えてならなかった。胸の鼓動《こどう》が高鳴っていくのがわかるからだ。心を鎮めるどころではなかった。重低音が響くのがわかる。最初の過去跳びのとき、こんな音が聞こえただろうか？　薬剤の効果ですでに意識を失っていたのではなかったか。とても自分には精神を集中させる余裕はないようだ。

今度は、過去に行けない。

低い音が、急に聞こえなくなった。同時に全身が軽くなった気がする。いや、自分の肉体が椅子に座っていないのだ。

光が明滅している感覚だけがあった。椅子に座っていないのではなく、自分に肉体がないのだということがわかった。目が光の明滅を見ているのではない。光っていると心が感じているだけだ。

すでに、機敷埜老人の気配は感じなかった。

そして、香菜子は結論づけた。

今、自分は跳んでいる。胸の鼓動も感じていない。時を跳んでいる。

薬も飲まずに、機敷埜老人が予告したとおりに。

思考が混濁していることは自分でもわかった。大介を救わなければ、という思いはもちろんあった。だが、正直なところもう一度大介に会えるという喜びが勝っていた。

これが、時を遡る感覚なのか。そして、もう、時を遡ることはできないのか。

思わず香菜子は目を閉じた。眩《まぶ》しかったからだ。それから、おずおずと目を開く。そして気がつく。自分が再び自分の肉体に還《かえ》ってきたことを。

過去の肉体だ。まだ、大介が元気な頃の肉体のはず。

居間に座っていた。夕方だった。ドサッと音がして床を見る。雑誌が落ちていた。居間で読書をしているときだったらしい。まだ外は明るい。時計は六時十分を指していた。

立ち上がるとエプロンをしていることに気がつく。夕食の支度をすませたばかりのときだったようだ。そのまま台所へ向かう。レンジの上には鍋があった。弱火でぐつぐつと煮込んでいた。シチューだということがわかった。すぐに思いあたる。大介は、煮込み料理が大好きなのだ。どんなに暑い夏の日であろうと、香菜子がメニューを思い浮かばないときは、煮込み料理を作れば大介は大喜びなのだ。

そして、気づく。デイ・トリッパーで過去へ跳んで着く場所次第ではとんでもない事故を招きかねない、と。香菜子は運転はしないが、もし、運転中の自分に跳んでいたら。料理中に高熱の鍋を扱っている自分に跳んでいたら。大怪我や大火傷《おおやけど》を負いかねない。

すでにシチューはできあがったようだ。香菜子は火を止めた。ということは、そろそろ大介が帰宅するということか。

今日は何月何日なのだろう?

壁のカレンダーは九月になっているが、何日かまではわからない。

あわてて、香菜子は食事の準備をする。興奮してしまったのか、自分の息が少し荒くなっているのに気づいた。

落ち着かなくては。

七時までには大介は帰宅する。大介を迎えるときに動揺を見せてはいけない。どうすれば大介を救うことができるのか、ゆっくり考えよう。大介に死期を悟らせるようなことだけはしないようにする。ましてや、自分が大介の死後の時間から来たなんて知られないようにしなくては。

スマートフォンがテーブルに置かれていた。九月二十日。六時十一分とあった。

九月二十日か、と思う。

しかし、九月二十日と聞いて、それがどんな日だったのか思いだせない。ぴんとこないのだ。大介や自分の誕生日などの特別な日であれば、ぼんやりとどう過ごしたかを思いだすだろう。しかし、そうでなければ普通の日として忘れ去ってしまった一日のはずなのだ。

人の記憶というのは、そのようなものなのだと香菜子は思い知る。この日はなんでもない一日に過ぎない。でも、なんでもない大介との日々がいかに幸福だったか、ということはわかる。

ドアの開く音がする。

ドアの開く音だけで、それが生きている大介なのだとわかる。懐かしい気配なのだから。

「ただいま」

半袖シャツの大介が姿を見せた。

「部屋の中は天国だなあ。なんて暑いんだろう。もう九月も末だというのに、汗だくだよ！」

大介は屈託のない笑顔を見せた。思わず、香菜子はその胸に飛び込みたくなる衝動をぐっと抑えた。ただ、溢れ出てくる涙だけはどうしようもない。あわてて下を向くしかなかった。

エプロンをはずして、わからないようにそれで涙を拭く。声が裏返らないように、一度咳ばらいしてから「お帰りなさい」と言う。

「もう準備はできてるわよ。シャワー浴びますか？」

「ああ。そうするよ」と、大介は浴室へ消える。水が流れる音が聞こえる。大介は鼻唄を唄っている。機嫌がよさそうだ。

前にも、こんな瞬間があったな、と香菜子は思った。

やはり、大介がいるって素晴らしい。姿がなくても、こうして気配を感じているだけでも心が満たされていくのがわかる。

シャワーを浴びてくれてよかった。と香菜子は思う。あのまま大介が近くにいたら、感情が抑えきれなくなったかもしれない。

何度か、大きく息を吐くと気分が落ち着いた。

頭をタオルで拭きながら短パンをはいた大介がやってきて、テレビをつけた。

「今日はどうだった？」

どう答えるべきか香菜子は迷った。これは二人が根子島へ温泉旅行をした過去なのか、あるいはひょっとしてしなかった過去なのかもわからない。

「んー。普通よ」と曖昧に答えた。

それから、コップとビールを大介の前に置く。そのとき閃《ひらめ》いた。

前に、私は私に宛てて手紙を書いている。あの手紙をショルダーバッグに入れた。

あの手紙はあるのだろうか？

あれば、未来へ引き戻された後の時間。そして、どんな過去を過ごしたかがわかる。

なければ、手紙を書く前の自分に跳んできたということになる。

いつもショルダーバッグがあるフックに今も吊るされている。目の届くところにあるからショルダーバッグの中を選んだのだ。

何気ないふうにシチューをテーブルに置いてからショルダーバッグが吊るされた壁の前に立つ。大介はテレビに目を奪われているようで香菜子に何も言わない。

バッグを開いた。

手紙はない。

ということは手紙を書く前の時間に戻ったということなのか。

「なんか、捜しもの？」と大介が缶ビールを開けながら尋ねてきた。

「ん。なんでもないわ」とごまかしながら、香菜子はテーブルに戻った。

「大介は今日はどうだった？」と香菜子も尋ねる。大介が缶ビールを差しだした。香菜子はコップに注いでもらう。

「うん。今日、機敷埜さんというお年寄りが仕事場に来たよ」

香菜子は驚きを隠せなかった。コップが缶にあたり、ガチガチと鳴った。

「香菜ちゃん。……今の香菜ちゃんはぼくが死んだ未来からぼくを救おうと思って跳んできたんだね。遡時誘導機、……デイ・トリッパーで」

「機敷埜さんから聞いたの？」

香菜子は、そう答える他なかった。何をどう言い繕っても嘘になってしまう。

「いや、今日は機敷埜さんは別の用事で見えた。あの方は、何度もこの時間まで跳んで、ぼくがかかる病について治療法を調べてくれていたんだ。今日来たのは、彼が予防ワクチンを開発してくれて、それをぼくに接種させるために来てくれたんだ」

大介は、まるで世間話をするように、コップにビールを注いでいた。

「ぼくも、予防ワクチンをするのは初めてじゃない。二回目なんだ」

香菜子は大介の話を聞きながら、うまく頭の中で大介の話が嚙《か》み合わずにいた。理解できているつもりでも次々に疑問符が湧きあがってくるような気がする。

「二回目ってどういうこと？」

香菜子はあわてて問い返した。

「ぼくは難しい病気にかかって命を落とすはずだったんだよね。一回目のときは、その病にかかっても症状を軽減させる予防ワクチンがあると聞かされて、機敷埜さんに接種させてもらった。

おかげで何事もなく春を迎えることができた。そんなときに、街で機敷埜老人に再会した。ぼくは、それまでずっと不思議でならなかったんだ。何故、見ず知らずだった機敷埜さんが、ぼくを救うためにワクチンを持って目の前に現れたのか？　と。

そしたら、ぼくはその病で死んでいたという世界があったのだ、と知った。機敷埜さんの発明品でぼくを救うために過去に跳んだ香菜ちゃんから頼まれたのだということも聞いた。香菜ちゃんは、機敷埜さんのことも救ったんだよね。その恩返しだとあの方は言っていたから」

香菜子は言葉を挟むこともできず、ただ、ただ、頷くだけだった。

そのワクチンで、大介が助かる！　それだけはわかった。涙がぼろぼろと流れて、止めることはできなかった。

「じゃあ、大丈夫なの？　病気にかからないの？」

「うん。このワクチンのおかげで、二日ほど発熱するけれど、その程度の症状ですぐ治るということさ」

全身から力が抜けていくような気がする。機敷埜老人の顔を香菜子は思い浮かべていた。

「ありがとう。機敷埜博士。本当に大介を救ってくれたのね」と心の中で思う。

「私が今日、過去に着いたのは、わかったの？」

大介は頷く。「いつもとは明らかに様子が違うと思った。機敷埜さんの名を出してみようと思った。出してもいいと思った」

しかし……。ということは。

「そのときに、ぼくは機敷埜さんから遡時誘導機、デイ・トリッパーの存在を聞いた。そしてぼくを救うために過去へ跳んだって。その苦労がどんなものか、機敷埜さんからその話を聞いても実感が湧かなかった。だから、ぼくはその場で機敷埜さんに頼んだんだ。ぼくもデイ・トリッパーで過去に送ってほしい、と。そうすれば、ぼくも香菜ちゃんの苦労がわかる、と。香菜ちゃんだけにそんなつらい思いをさせるわけにはいかない。大丈夫なんだよ、と安心させてやりたかった。

ぼくが過去に跳んできたのは、二週間ほど前のことだよ。でも、そのときは、香菜ちゃんはまだ未来の香菜ちゃんじゃなかった。最初に跳んできた香菜ちゃんが未来に戻った後だと思う。ぼくに、変な手紙がバッグに入っていた、と見せてくれたくらいだからね。気にしなくていいよ、と香菜ちゃんに伝えて、未来から二度目に来るはずの香菜ちゃんを待つことにしたのさ。やっと来たんだね」

だから、バッグの中に自分に宛てた手紙は入っていなかったのか。

でも、よかった。機敷埜老人は約束を果たしてくれたんだ。歴史は、きっといくつも枝分かれしてくれるものなんだ。大介も助かる世界がちゃんと生まれてくれた。

大介が、香菜子の手を握り、そのまま抱き寄せた。

「ぼくのために、本当にがんばってくれたんだね。香菜ちゃんに感謝するよ。本当にありがとう」

もう何も我慢しなくていいんだ。そんな思いで、香菜子は大介にしがみつき、子どものように泣きじゃくり始めた。

過去に戻って亡夫に再会するSFロマンス

福井健太（書評家）

梶尾真治《かじおしんじ》のSF長篇『デイ・トリッパー』はWEBマガジン『キノノキ』（二〇一五年一月〜一七年一月）に連載された後、一七年六月にキノブックスから単行本化された。本書はその文庫版である。

著者のプロフィールを記しておこう。梶尾真治は一九四七年熊本県生まれ。中学二年生でSF同人誌『宇宙塵《うちゅうじん》』の会員になり、高校二年生で九州のSFサークル「てんたくるず」を結成。高校三年生の時に『S‐Fマガジン』の懸賞小説に採用された。福岡大学経済学部を卒業後、名古屋の石油会社に就職し、七〇年に「美亜へ贈る真珠」を『宇宙塵』に発表。翌年に『S‐Fマガジン』に転載された同作でデビューを果たした。

七一年からは実家の会社（カジオ貝印石油）に勤め、七八年に「フランケンシュタインの方程式」で再デビュー。本業をこなしながら執筆を続け、七九年に「地球はプレイン・ヨーグルト」で第十回星雲賞（日本短編作品部門）、八七年に『未踏惑星キー・ラーゴ』

で第二十八回熊日文学賞、九一年に『サラマンダー殲滅《せんめつ》』で第十二回日本SF大賞、九二年に「恐竜ラウレンティスの幻視」で第二十三回星雲賞（日本短編作品部門）に輝いた。二〇〇〇年刊の『黄泉《よみ》がえり』で読者層を広げ、〇一年に「あしびきデイドリーム」で第三十二回星雲賞（日本短編作品部門）を受賞。〇四年に社長職を辞して作家専業を宣言し、同年に「黄泉びと知らず」で第三十五回星雲賞（日本短編作品部門）、一六年に『怨讐星域《おんしゅうせいいき》』で第四十七回星雲賞（日本長編作品部門）に選ばれている。

〇三年に『梶尾真治短篇傑作選』（全三巻）が編《あ》まれた際、各巻には「ロマンチック篇」「ノスタルジー篇」「ドタバタ篇」という副題が付された。「美亜へ贈る真珠」「時尼に関する覚え書」をはじめとする純愛もの、「もう一人のチャーリイ・ゴードン」「百光年ハネムーン」のような郷愁を湛《たた》えた話、「フランケンシュタインの方程式」「地球はプレイン・ヨーグルト」などのアイデア譚を書き分けるSF短篇の名手ゆえだ。もちろんそれだけではなく、三十億年に及ぶ地球生命の記憶を受け継いだ美少女が旅を続ける〈エマノン〉シリーズでは、一般人の視点と壮大な背景が接続されている。夫と娘を殺された女の復讐劇『サラマンダー殲滅』、グロテスクな怪異譚『ドグマ・マ＝グロ』、子供が次々に消えるモダンホラー『OKAGE』、死者が甦《よみがえ》る現象を描く『黄泉がえり』のような長篇の存在からも、作風が多岐《たき》にわたることは明らかだろう。

デビュー作を含む「ロマンチック篇」の短篇群、連作集『クロノス・ジョウンターの伝説』、長篇『未来《あした》のおもいで』『つばき、時跳び』『杏奈は春待岬に』など、恋愛にまつわる時間SFが多いことも著者の特徴だ。時間SFはロマンスと相性が良いという定説があり、ロバート・F・ヤング「たんぽぽ娘」や小林泰三《こばやしやすみ》「海を見る人」のような名篇も書かれている。〇九年にはジャック・フィニイ、チャールズ・L・ハーネス、C・L・ムーアなどの短篇を収めた『時の娘　ロマンティック時間SF傑作選』というアンソロジーも上梓《じょうし》された。梶尾真治は国産ロマンティック時間SFの第一人者であり、本作もそのジャンルに属する物語なのである。

＊

＊

結婚して三年半になる夫・大介《だいすけ》を病気で失った中川香菜子《なかがわかなこ》は、高校時代からの親友である安井沙智《やすいさち》と中原《なかはら》まいに誘われてホテルのレストランを訪れた。泣き崩れて帰ろうとした香菜子は、沙智の幼馴染み・笠陣芙美《りゅうじんふみ》に「もう一度、ご主人に会う方法があるのですが」と告げ《つ》げられる。半年前に亡くなった研究者の伯父・機敷埜風天《きしきのふうてん》が遺《のこ》した遡時誘導機で「過去の香菜子さんの中に現在の香菜子さんの心を送り込む」ことができるというのだ。

その翌日、香菜子は芙美の営むカフェで説明を受け、風天が「デイ・トリッパー」と呼んだ砲弾型の装置で一年八ヶ月前の自分に心を移動させた。大介に再会した香菜子は時間を大切に過ごそうと決意し、未来の大介が遺した「香菜子と温泉宿でゆっくり過ごしたい」という願いを叶《かな》えるために「温泉に泊まりに行きたい」と提案する。さらに香菜子は芙美のカフェがあった場所（その時点では機敷埜家）に足を運ぶが、そこで風天に「未来からやってきた人」だと見抜かれてしまう。

　同じマンションの老婆と孫たちに出逢った香菜子は、大介の子を宿すことを想像し、死を回避できないかと考え始める。機敷埜と遭遇した香菜子が経緯を話すと、機敷埜は自分の病《やまい》を治すために遡時誘導機を作っていると明かし、全面的な協力を約束するのだった。

旧来の梶尾ファンは本書の設定から『クロノス・ジョウンターの伝説』を思い出すかもしれない。増補が繰り返されたこの連作集には、過去へ飛ばした物質が未来に弾《はじ》かれる「クロノス・ジョウンター」、滞在時間を延ばした小型化改良版「パーソナル・ボグ」「パーソナル・ボグⅡ」、三十九年刻みでしか移動できない「クロノス・スパイラル」などの制約つきタイムマシンが登場する。二〇〇一年に書かれた外伝「朋恵の夢想時間」には、精神を過去の肉体に憑依《ひょうい》させる「クロノス・コンディショナー」が描かれていた。これが「デイ・トリッパー」の原型であることは疑いようもない。

いわばアイデアの再利用だが、本作ではタイム・パラドックス対策がドラマに活《い》かされている。故人に逢うための使用だけを認め、死期を知らせることを禁じるという条件は、真意を伏せて限られた時間を過ごす苦悩に繋《つな》がる。情報や感情が時を越《こ》える以上、予防策の緩《ゆる》さは否《いな》めず、結果的にパラドックスめいた状況は発生する。その処理は厳格なものではないが、本作はロジックを主体とするストーリーではない。「大介と一緒にいられる。それだけで世界は完結している」「未来の世界がめちゃくちゃになってもいい」「人類が滅亡し、宇宙が消滅しようとも」「大介を救えさえすれば」という祈りに貫かれた切実なロマンスなのである。数々の制約つきタイムマシンを案出し、それにまつわるドラマを紡《つむ》いできた著者が、愛する者を失ったヒロインの想いを辿《たど》る時間ＳＦ。自家薬籠中のモチーフとガジェットを活かした作家性の強い一冊といえるだろう。

＊

＊

最後に視点を変えて、本作のメインキャストの一人・機敷埜風天について書いておきたい。初見の方のために説明すると、風天は梶尾作品にしばしば登場する人気キャラクター。著者によると「機械文明と自然（埜）が調和するという名前をイメージしました」という理由で命名されたらしい。

一九七九年に「ふうてん効果（たぶん）最後の応用例」で初登場した風天は、大東亜超常科学研究所の所長と称する八十一歳の老人だった。精神力でエントロピーを減少させるふうてん効果を提唱し、テレビ番組で公開実験を行う胡散臭い人物だ。八〇年の「静止人口六億人」では出産が許可制になった日本で「百二十歳を過ぎたくらい」の隠居老人・風天が命を狙われる。八六年刊の著者の初長篇『未踏惑星キー・ラーゴ』には、腸癌を患った七十五歳のベテラン惑星鑑定士・機敷埜が出演していた。

　九三年に書かれた「〝偶然〟養殖業」の風天は「無位無冠の科学者　数学者　偶然養殖業」と名乗り、自分の育てた偶然を商社に売り込もうとする。二〇〇七年の『悲しき人形つかい』では脳波で身体を動かすＢＦ《ボディフレーム》を開発した二十四歳の天才発明家。〇八年の「野方耕市の軌跡」では、科幻博物館設立準備室の室長としてクロノス・ジョウンターを入手し、開発者の野方耕市を十九年前に送り届ける。同年の『穂足のチカラ』では「今は名誉職なんだが」「大学で数学を教えております」と自己紹介し、混乱に陥った一家を救う三老人の一人として活躍した。ちなみに同年には児童文学「機敷埜博士の4Dマシン」も書かれている。一〇年の『壱里島奇譚《いちりじまきたん》』ではパワースポット評論家と称する五十歳前後のオカルトライター。まさに変幻自在なのである。

風天は作品を繋ぐ同一人物ではなく、手塚治虫《てづかおさむ》ファンでもある著者のスターシステムと見るべきだろう。常識に囚《とら》われることなく、物語の軸になる理屈を説明し、トラブルメーカーや人助け役を幅広くこなす。そんな便利なキャラクターが愛用されるのは自然なことだ。ちなみに『カジシンエッセイ』（高橋酒造株式会社公式サイトに連載）の第二百回「人生でたいせつなこと」では機敷埜が語り手を務めている。四十年以上にわたって好演を続け、作家と読者に愛される怪人物。その遍歴を追うことも梶尾ワールドの愉《たの》しみ方の一つに違いない。

二〇二一年八月

この作品は、キノブックスWEBマガジン「キノノキ」2015年1月～2017年1月に連載。2017年6月にキノブックスより単行本で刊行されたものに、加筆・修正をいたしました。なお、本作品はフィクションであり実在の個人・団体などとは一切関係がありません。

徳間文庫

デイ・トリッパー

2021年10月15日 初刷

著者 梶《かじ》尾《お》真《しん》治《じ》

発行者 小宮英行

発行所 株式 会社 徳間書店

東京都品川区上大崎三-一-一 〒141-8202
目黒セントラルスクエア

電話 編集〇三(五四〇三)四三四九
販売〇四九(二九三)五五二一

振替 〇〇一四〇-〇-四四三九二

印刷
製本 大日本印刷株式会社

ISBN978-4-19-894681-4 (乱丁、落丁本はお取りかえいたします)